北村想と流山児祥が見た寺山修司の影法師・マクベスのソネット

清水義和【著】

文化書房博文社

巻頭論文　東北からの叛乱
〜sandalと漬け物石の天文台〜

北村　想

私の思い込みによる歴史観によると、「日本」という名称が日本に〈ほぼ定着〉したのは、江戸幕末から明治初頭の頃で、もちろん、それまでに「日本」という国名はあった（天武天皇の大化の改新を受け継いだ持統天皇が六七九年に発した「浄御原令」から）という説は〈ほぼ定説〉となっているのだが、正確な日本地図すらナイ時代、どこからどこまでが「どこまで」なのか、一般庶民にも、学者にも、判然、納得、了解を得ないものであった、と、考えたほうが当然至極といえそうだ。（昨今でも、法令によって、この国の名称が「日本」と定められているのか、あるいは「日本国」なのか、議論は続いているし、……というより、もう議論なんかしていないようでもあるし……読み方にしても「ニホン」なのか「ニッポン」なのか、政府によると「どっちでもイイ」のだそうだが、ようするに、どうでもイイようだ。……これと似たものに「藩」という、国の末尾名称があるが、これもまた、吉田松陰がいいはじめてから以降のコトバで、かつ中国語だから、尾張藩とか三河藩とかは、幕末までは存在せず、単に尾張の国、三河の国と称していた。……江戸は、江戸で、「藩」ではナイ。何故なら、江戸は将軍所在地であって、「藩」は、将軍から与えられたもの、という意味だから、江戸を「藩」と称することは出来ない。……

それゆえ、天皇の在所を畿内（「畿」とは、帝王の直接治めている土地のこと）、その近辺を近畿として、現在でも近畿は近畿地方と称されているのだが、そこから東の海の近くを東海、四つの国だから四国、九つの州として九州、北の陸地は北陸、奥にあるから奥州と、このように地域の名称は（まさに場当たり的に）振り分けられ、「東北」などは、もう方角をいっただけになった。(とはいえ、アメリカ合衆国にしても、西部劇(western)は「西部」の活劇なんだから、まあ、似たようなもんですが)。

さて、蘊蓄の傾斜はここまでとして、政治、文化の中心、「日本」の首都である東京は、まんま「東の京」「東の都(天皇のおわせしところを都という)」であって、正式には「東京都」と呼称され、そこ以外はすべて「地方」と称されるのが、現状だ。従って、東京土着民(江戸っ子という)以外の、他国より上京せし者は、みな地方人(田舎もんともいう)なのだ。歴史的な古典伝承文化を語っている余裕がナイので、東京の現代文化のみを語っていくと、東京の文化は100%、地方人(田舎もんともいう)が東京に馳せ参じて、一発アテタ(breakした)文化になる。要するに「東京」というのは日本最大の地方人(田舎もんともいう)集合場所で、「東京」というもの自体が、いうなれば巨大なillusionなのだ。

ここには不思議な通過儀礼があって、地方人(田舎もんともいう)は、東京にやって来るとまず何をおいても、最初にやらねばならないことは、「東京人」に「成る」ことだ。これはもう、沖縄から来ようと、北海道から来ようと、出身地は何処でもよろしい、ただし東京に住むならば、「東京人」にならねば、「東京人」と認めてもらえない。だから、東京に住んだりすると、必ず「あなた、出身はどちら」と訊ねられる。

この通過儀礼は、口調、コトバの使い方が「標準語」「共通語」すなわち「東京人ことば」の発音になっているかどうかで終わる。茨城や仙台などの訛りが残っていたりすると、彼(彼女)は、まだまだ「東京人」ではなく、地方のひとね(田舎もんね、ともいう)と鼻で笑われることになる。従って東京に住みはじめた地方人(田舎もんともいう)は、ともかくも「東京人ことば」を習得しなければナラナイ。

方言や訛りの強いことを武器にしている大阪人などは、芸能関係者であれば大阪弁で通すものも方法論的に在るにはあるが、それでも「標準語」という「東京人ことば」を、話すべきときは話すことが出来なければならない。

たしかに、芸能人であれば、それでもイイ。かつて、伴淳三郎という喜劇俳優が多くのファンを獲得したが、彼は、どうしても山形県訛りが治らず、終に、「アジャパーじゃ。ほんならワシは、こいで勝負しちゃっかと、そうスたんだ」と、それが彼の「技芸」ということになって、認許された特異なケースだ。

再度いうが芸能人であれば、それでもイイ。しかしながら、これが、intelligentsiya、文化人の範疇（category）という位相に在るとなると、そうもいかない。鼻で笑われるどころか、下手をするとネグレクトされてしまう。

ところが、この鉄壁の「東京人」「東京人ことば」の通過儀礼に対して、まさにその盲点というべき部分に、砂浜の砂を指で掘って掘り出した錆びたジャックナイフを、口に銜えたままで「東京人」に突き付け、東京文化に対する叛乱を企てたゲージツ家が在った。彼は、東京における通過儀礼の一切を無視し、薄情な女を棄てたマドロスが恨み辛みを語るように、ボソボソと、「東北人ことば」で、自作の俳句、短歌、詩を語り、挙げ句に演劇の舞台から、「書を捨てよ、街（町）へ出よう」と地方人（田舎もんともいう）にagitationしたのだ。このコトバはこうつづく。「何故なら街（町）は巨大な書物だから」。さらに隠されたつづきがある「東京は一冊の完成された書物ではない。白いページが多くあるので、いくらでも、そこに、きみは、きみの好きなことを書き込むことが出来る」。これは、「東京へゆくな　ふるさとを創れ」と、のたもうた、谷川をゆく雁の工作者宣言の原点の存在を真ったくの逆手にとったもので、彼は、若者に家出をすら勧誘した。

彼は、東京をチガウ視点で観るために底の厚いsandalを履き、その高さのぶん東京を観下ろして、ひとことも「東京人ことば」の口調を用いず、「私は私の天文台から東京を観測している」と、漬け物石の上に飛び乗ったりした（ことがあったかどうかは、さだかでナイが、それくらいのコトはやっただろうと、私は思う）。地方出身（田舎もんともいう）の文化人が発する質問に対しては、たとえば「あなたは故郷のことをどう思っているのか」という質問があれば、現S官房長官の答弁よりも巧みに「故郷のことをどう思っているか〈というよりも〉、ここから故郷を吸いかけの煙草で指さすことが出来るかということが問題で……」と、みごとな〈というよりも〉語法のハグラカシで応答、「東京、東京って、チミ。チミの東京は、本棚に並んでいるだけでしょう」と、「東京人」の鉄壁を地方人である「東北人」として、嘲笑したのだ。「私の東京は、いつのときも故郷の東北に在った」という有名なコトバを、いったかどうかは知らんけど、それくらいはいっただろう。

「東京」「東京人ことば」に対峙して「東北」「東北人ことば」を武器に、叛乱の襤褸をかざしたゲージツ家、彼の名を寺山修司という。

そら豆の　殻一せいに　鳴る夕（ゆふべ）　母につながる　われのソネット　　寺山修司

寺山の詩はソネット形式を意識して書いている部分が最も詩的である。

種子
たとえ明日が地球最後の日であろうとも
君は種を蒔くことができるか。
疫病流行記の終幕では、
落ちていく
落ちていく

寺山の詩はオリジナルがなく、剽窃である、と批判されてきた。しかし、模倣はアートだと言う系譜は、エーリヒ・アウエルバッハが『ミメーシス』でしてきしているように、ギリシア、ローマ、ダンテ、ペトラルカ、シェイクスピアが先人を模倣して、築き上げアートに高めたのである。

目次

第Ⅰ部

第1章　北村想の方言論

北村想さんの論考『東北からの叛乱～sandalと漬け物石の天文台～』を２０２０年にいただきました。何度も読み、英訳も試み、また読み返して、先ず、思い浮かんだのは、井上ひさしの『國語元年』でした。明治時代、言葉の統一がなかったため、日本語を統一するための国語を審議する事になった、という世相を戯曲化した作品でした。しかし肝心なことが抜けているように思えたのです。

現在、パンデミックで世界中大騒ぎしている最中にあります。かつて、大騒ぎしたのは、近世ヨーロッパのイタリアでペストが大流行した時、イタリアの国民はコロナワクチンがなかったため、人口の半分近くが亡くなり、ボッカチオが、バルディ銀行で働き、ナポリの宮廷に出入りしていたのですが、勤め先の銀行も閉鎖においこまれ、故郷のフィレンツェに帰ってきて、図書館で古文書漁りに没頭していました、その中にダンテの『神曲』（１３００）の古文書を見つけたのです。ダンテの『神曲』はラテン語ではなく、当時イタリアのトスカナ地方の庶民が話す方言で綴られていました。なかでも、ボッカチオは『神曲』に綴られた詩に魅了され、遂にその解読と編纂に生涯を費やすことになりました。

イタリアのトスカナ地方の方言で書かれた『神曲』は、ボッカチオの努力によって、現在のイタリア語に結実しました。『神曲』に書かれた方言が国語になった理由は、その文体が人間の魂を揺すぶる韻文で書かれていたからでした。ボッカチオの友人にはイタリアルネッサンスの時代に現れた、桂冠詩人ペトラルカがいました。二人の交流の結果、韻文で書かれた『神曲』がより一層質の高い編纂がなされ、血のにじむ校訂を経た後、イタリアルネッサンスを代表する作品となったことが窺い知れる。

後年ペトラルカの詩のリズムの影響を受けたシェイクスピアがソネットを使い英語で書いた『ロミオとジュリエット』（1595）がある。舞台背景はイタリアのヴェローナでペストの大流行があり、およそ三百年後のシェイクスピアの時代にもロンドンでペストが猛威を振るっていた。

殊に、英語の詩の誕生に貢献した一つの要因には、シェイクスピアの詩がペトラルカのペトラルキズモ（ペトラルカ式スタイル）の影響を受けた詩形で書かれた詩にあった。

ゲーテは、「外国語を学ぶことによって、自国語の言葉を本当に理解できるようになる」と述べている。トスカナ地方の方言で書かれた『神曲』を解読して、ボッカチオはダンテの『神曲』を読み解き、遂に、新しいイタリア語の誕生となった。そして三百年後、シェイクスピアは異国のイタリア語で書かれたペトラルカのペトラルキズモ（ペトラルカ式スタイル）を解読し、英語でソネット詩を書き、シェイクスピアの英語はイギリスを代表する言葉に生まれ変わった。ボッカチオにせよ、シェイクスピアにせよ、ダンテやペトラルカの詩を、外国語から解読し新しいポエティカルな英語を誕生させ神聖な不朽の英語として生まれ変わった。

このように見てくると、井上ひさしの『國語元年』には、庶民の生活が描かれているが、新しい詩人の誕生も、新しく生まれ変わった日本語で書かれた詩も描かれていない。あるのは庶民の明治時代で右往左往しているサタイアの味の効いた風刺である。

北村想さんの『東北からの氾濫』にも描かれているのは風刺で書かれた寺山修司の東北弁であり、滑稽なポンチ絵である。

けれども、実は、寺山修司が十六歳の時に執筆した『牧羊神』2号（1954）のエッセイの中で、シェイクスピアの『マクベス』を引用している。

Macbeth sleep no more

と、寺山が先ずシェイクスピアのソネット形式（5音＋5音）で書かれた英語を解読し、韻文を読み解いて、引用しているところに注目したい。このエッセイには『牧羊神』として同人誌を刊行した寺山少年の青雲の志が見られ、同時に、寺山の詩人としての誕生を見ることができる。何故なら、その後寺山が十八歳の時東京に上京すると、先ず、ひとみ座の人形劇『マクベス』を見て感銘を受け、自らも人形劇『狂人教育』を書き、劇作に励んだからである。しかも、その後の劇作でも、しばしば、マクベスの魔女の呪い「良いは悪いで、悪いは良い」を自分の芝居にしばしば引用している。

Fair is foul, and foul is fair.

北村さんの「東北の氾濫」を読んで、先ず思い出したのは、バーナード・ショーの『マイ・フェア・レディ』である。音声学者ヒギンズは、下町コベント・ガーデンの住民の出身地を彼らの話すイントネーションから言い当てる場面がある。そのように、北村さんは自ら日本各地の方言を巧みに使い分けて話し、自作のドラマに取り込んで書いている。

北村さんは、まるで、ヒギンズのように、寺山が東北出身者の話す東北弁であることを言い当てる。他方、ショーがヒギンズのモデルとしたのは、ヘンリー・スウィートであろうと推測されている。スウィートは、アルファベット27文字から、そのサウンドを何十倍も細かく聞き分けて細かく識別している。音の識別はイントネーションの変化を聞き分けることにより、音に敏感なスウィートは千差万別の音のニュアンスを聴き取った。

ショーの家族はセミプロの声楽家の母親や姉妹と共に当時のヨーロッパの歌曲に精通していた。だから、ショー自身の戯曲からミュージカルに編曲できる素地があった。その代表例が『マイ・フェア・レディ』である。

ショーはアイルランド人で、英語は、外国語のようなものであり、生涯、英語のイントネーションに悩まされることになった。ショーは専門の言語学者ではなかったが、ロンドン大学英語音声語学部教授のダニエル・ジョウンズのもとで数年かけて英語音声学を学んだ。因みに、言語学者の多くは、デンマーク人のオットー・イェスペルセンのようにイギリス人ではなく外国人であることが多い。ショーもしかりであった。

周防正行監督のミュージカル『舞妓はレディ』は地方出身の娘が京都の方言をマスターして舞妓になるという顛末を、ショーの『マイ・フェア・レディ』の音声学のスタイルに学び、厳しい訓練や作法によって描いている。けれども、北村想さんの芝居には周防監督がシステマティックに京都弁のイントネーションを訓練したような場面は見かけない。

また。北村想さんの『偶然の旅行者』は旅人のつれづれに、出演者が歌謡曲を延々と歌い、BGMとして歌謡曲を歌い継いでいく。

その歌謡曲が醸し出す旅情が圧倒的なせいか、『偶然の旅行者』を見た観客が、ストレートプレイではなく、ミュージカルだと感想を懐いてしまうのと似ている。

実は、北村さんにお願いして『偶然の旅行者』を英訳する許可を得た。そうしたら、驚いたことに、舞台とは違い、台本の台詞の内容が暗くて、統合失調症の患者が脈絡もなく精神分裂症患者のように言葉を交わし合っているようで、物語の筋立ては陰隠滅滅としていた。ところが、この暗い雰囲気は、実際には劇に挿入されている圧倒的に数の多い歌謡曲のメロディーの為にかき消されてしまっている。そこで、今度は、数々の歌謡曲を省いて、台詞だけを英訳してはじめて、『偶然の旅行者』固有の明暗の落差に脅かされた。

暗く陰隠滅滅とした台詞回しと舞台の状況とは正反対の軽快なミュージカル感覚の歌謡曲がとめどもなく挿入され歌い継いでいくスタイルは、寺山修司の音楽劇には皆無である。例えば寺山脚色の『魔術音楽劇バルトークの青ひげ公の城』は、音楽劇と銘打ってあるけれども、台本の内容との間に流される楽曲との間には多少の違いはあっても、それほど大きな違いは見られない。

シェイクスピアの『十二夜』には、結婚式のお祝いでミンストレル（吟遊詩人）が登場し、式に呼ばれ、結婚式を盛り上げて歌う。北村さんが次から次へと歌を歌い継ぐスタイルを見ていると、この種の吟遊詩人を思い浮かべるのである。

第2章　井上陽水『傘がない』　北村想は寺山修司を越えたか

北村想さんは、令和5年7月13日名古屋栄にある朝日カルチャーセンターでの講演で「寺山修司は、井上陽水の『傘がない』の歌のリズムに衝撃を受け、詩人としてもはや作詞活動はしないと言った」と語った。けれども、1972年当時、この衝撃は、寺山に限らず、井上陽水の『傘がない』を耳にした多くの聴衆は同じ反応を示したのである。かつて、小田島雄志も「井上陽水の歌は今後特異な言語感覚で研究されなくてはならない」と述べたものだった。

そして、更に、「シェイクスピアの翻訳も、井上の歌の言葉のリズムから、否が応でも影響を受けるだろう」とも語った。

この小田島の発言は、当時シェイクスピアの翻訳家の言葉として刺激的だった。小田島自身もシェイクスピアを日常会話風に訳した。

To be or not to be, that is the question.

やるのかやらないのかそれが問題だ。（小田島訳）

ところが、不思議なことに、シェイクスピアの翻訳の売れ行きは、その後、そして現在でも小田島の翻訳よりも、坪内逍遥と福田恒存の訳本の方が売れ行きがよい。その理由は何故なのか。

その由来について、文学座でシェイクスピアの『リチャードⅢ』の演出を務めたレオン・ルビン教授は、次のように語った。

シェイクスピアのソネットは5音プラス5音からなるが、日本の歌舞伎の七五調で、シェイクスピアの訳も七五調に合わせて訳せば日本人の心に訴えるのではないだろうか。

それに、坪内逍遥も福田恒存も、小田島雄志と異なり、シェイクスピアの翻訳ばかりか、多くのシェイクスピア劇の上演活動を続け、しかもライフワークにした。

北村想さんは、「寺山修司は東京の言葉を話さなかった」と言う。つまり、寺山は故郷青森の訛りが生涯ずっととれなかった。そもそも、東京の言葉とは、NHKのアナウンサーの話す標準語の事であろう。だが、東京の言葉は標準語ではない。東京の言葉は江戸弁であろう。

シェイクスピア研究家の安西徹雄教授は、『マイ・フェア・レデイ』をロンドンの下町コベントガーデンの話し言葉から、江戸の下町築地に移して、上演するために、江戸弁を話せる人を探した。白羽の矢が当たったのは、久保田万太郎で、江戸の生まれであるが、「親子3代続かないと江戸弁を話せない」と言われた。けれども、「久保田万太郎は、祖父、親、子の三代江戸の暮しが続いた家系ではなかった。そこで、江戸弁を話せる人を他に探さねばならなかった。けれども、結局、生粋の江戸っ子が話す庶民の言葉に長けた江戸弁を操る話し手は見つからなかった、」と語った。

安西教授は逍遥の弟子でバーナード・ショーの翻訳家の市川又彦教授が旗本の出自で江戸の言葉を話したが、下町の言葉ではなかった、そこで、江戸弁を諦めて、自分で安西式の江戸弁を作ったと言う。また、逍遥訳でショーの芝居『武器と人』に出演した初代・水谷八重子は歌舞伎役者・十四代目守田勘彌の長女であったが、下町の言葉は話さなかった。

『マイ・フェア・レディ』の原作者バーナード・ショーはアイルランド・ダブリン出身者で、母と姉妹がアマチュアの声楽家であり、自身も若い頃声楽家を目指した。ところが、ダブリン出身のショーはロンドンのコックニーが外国語のようで分からず、結局ロンドン大学の英語音声学部教授のダニエル・ジョーンズの研究室に数年間通い続け、自らも劇作家の書いた所謂いわくつきの音声学書を数冊出版した。

バーナード・ショーは『マイ・フェア・レディ』を始めとして、アイルランドの方言とロンドンの訛りを入り混ぜて書いた翻訳不可能な『ジョン・ブルの離れ島』(*John Bull's Other Island* 1904年)や、大英帝国の植民地で『ブラスバウンド船長の改宗』(*Captain Brassbound's Conversion* 1899-1900年)の劇中、ドリンク・ウオーターが話すピジン英語は、ラフカデイオ・ハーンがクレオール(ピジンフランス語)を応用して、簡略日本語で妻の小泉セツと話した日常会話を連想させる会話スタイルであった。

ハーンの父親は、バーナード・ショーと同様にアイリッシュであった。ハーンとショーが違うのは、ハーンの父はアイルランド人で母はギリシャ人であったことだ。ダブリンの博物館にはハーンの肖像画が1枚しか飾ってないので驚いたことがあるが、ハーンが日本の婦人セツと結婚し、日本に帰化したことと関係があるかもしれない。近年、山田太一が一九九三年『日本の面影』のダブリン公演を果たしている。ショーも二十歳でロンドンに行って以来、その後、ダブリンに帰ることはめったになかった。

一方、言葉の魔術師・北村想さんは、日本の様々な地方の方言を使い分けて、話し、且つまた劇作したり、講演会では実際に、各地の方言も実に器用に使い分けて話したりする。

これに対し、寺山は、生涯殆ど青森の方言に特有のイントネーションで話し、東京にいたがアナウンサーの標準語の日本語を話さなかった。青森生まれの青森育ちの人も他府県の人との会話では標準語で話すが、地元の人同士の会話では、すぐさま、イントネーションが青森特有の発話に代わり、他府県人には分かりにくく響いた。

寺山修司の元妻であった九條今日子さんは日劇のダンサーであり、女優さんだったので、ニューヨークのラ・ママシアターの支配人エレン・スチュワートが来日したときは、丁々発止で英語を使って話し合い、傍らで応対した日本人のニューヨーク・ブロードウエイ研究家たちは圧倒されて立ちすくんでしまった。

エレン・スチュワートと実際何度も会ってインタビューした桂木美沙先生がいる。エレンとニューヨークのママシアターで何度も会い、ロングインタビューした経験があった（本書所収）ので、立ち板に水を流すような流暢さで英語を話していいた。エレンの話では、「寺山の英語は立派で演劇の理念がはっきりしていて、寺山の話す英語は素晴らしかった」と語っている。

実際に、残された寺山の録音テープや映像も、声は一本調子で、三島由紀夫がまくしたてる、ちゃきちゃきな、あの東京生まれ固有の垢ぬけした江戸っ子の会話と比べると、ぼそぼそと話しているように聞こえる。

半世紀前も昔のことであるが、当時四〇歳の三島由紀夫に会った時に『花ざかりの森』の感想を述べる機会があった。その折に、遠い過去を振り返るような呟きで語り、その調子は、寺山が新宿の紀伊国屋のエレベーターでファンと談笑している時の呟きと同じ抑揚のない囁きにすぎなかった。

北村想さんにはこれまで何度もお会いして話しあった。かれこれ、三十年以上も前に、名古屋の名古屋大学で開催された日本英文学会の講演会で話しを聞いた時は、アクロバットを演じながら、香具師の語りで話すので、その話し言葉は、まるで、忍者が投げる手裏剣のように聞き手の胸に突き刺さった。そのアクロバットに対するトラウマが長年あって、ありもしない偏見を懐いてきた。

北村さんとは、これまで、芝居の公演会場で、数十年に渡り、何度もお会いし、北村さんの戯曲の英訳の許可を得て訳をしたり、写真を撮ったり、自画像を描く許可を得たりしてきた。今度、寺山修司没後四十年の講演会で、北村さんと鹿目由紀さんとの対談の司会をさせていただいた。その折りに、北村さんにお願いして、「『北村想論』を書かせていただきたい」と、思わず口をついて出てきてしまった。北村さんは、快く許可を与えてくださった。

「寺山修司は四〇年前の人なのに繰り返し何度も語られている。それなのに、一方、北村さんは現代演劇最先端で活躍する劇作家なんだけれども、それにも関わらず、どうして多くの批評家が繰り返し繰り返して論じないのは何故なのか。疑問に思ってきました」と。正直に申し上げた。確かに、これまでも、著名な評論家吉本隆明や演出家の流山児祥さんや安住恭子さんが、北村さんと討論会や歌謡ショーを開いて論じたり、歌ったりしたことがあったけれども、今少し、北村さんの演劇を深く掘り下げて論じていない気がしてきた。

ある意味で、北村さんは、寺山没後四〇年を越えて、活躍する同時代の大作家であると思っている。おまけに、寺山が1983年5月4日に亡くなり、九條今日子さんも数年前の2014年4月30日に亡くなって、生前の寺山を知る人は数少なくなってきた現状があり、なおのこと、北村想さんが発信する現代演劇の活性化を誰しも望んでいると思っている。

北村さんと話し合っていた時に、「寺山さんの芝居は素人臭い演出を売り物にしている」という議論になった。北村さんも感情が激して、「寺山さんの芝居は素人風で、実際、自分の関係する素人劇団の演技よりもドラマツルギーがない」と語った。

確かに、寺山は、「スタニスラフスキーは東京の電話帳のようなものだ」と唐十郎に、言って既成の演劇メソッドを否定したことがあった。

と同時に、未だに思い出すことであるが、1994年ロンドン大学演劇学部で『邪宗門』を英訳して、大学院生の前で、台詞を発話し、演じた時の記憶がよみがえる。自身が演技している最中に、ある英国人の女子大学院生が突然ひきつけをおこして転倒してしまい、仲間から抱きかかえられて目には涙を浮かべ、いつまでも泣いて泣き止まなかった。他の学生からも「どんなマジックを使ったのか」と矢のような質問を次から次へと浴びせかけられたことがあった。

その瞬間まで、自分で訳した『邪宗門』の英訳の無意味な台詞の羅列を、大学院生の前で、自分がどのように発話し、どのように演じていいのか皆目見当がつかなかったのである。それにも拘らず、大学院生の反応は、まるで、ピーター・ブルックが演出するかのような、アントナン・アルトーの『チェンチ一族』を俳優たちが演じた時の狂気がステージに立ち現れたのである。

少なくとも、学生の聴衆たちは日本人の演じる『邪宗門』にアルトーの狂気を見たのであり、恐らく、寺山が仕掛けた統合失調症患者が舞う演技を見届けたのではないかと今は考えている。

1994年当時、ロンドンではピーター・ブルック演出のベケット作『幸せな日々』が公演されその後世界中で巡演されていた。

当時、ロンドン大学の大学院で教壇に立っていた主任教授のデヴィッド・ブラッドビーは、ベケット論を書いていた。その中で、教授は『ゴドーを待ちながら』の世界中の公演を論評し、日本では、蜷川幸雄演出の『ゴドーを待ちながら』を日本にまで見にきてエッセイを書き綴った。

1994年当時、ロンドンでは、ブレヒトの『三文オペラ』が流行っていて、ベケットの『ゴドーを待ちながら』や、名優スティヴン・バーコフ一座がカフカの『変身』でラムザを演じるのが大流行していた。

1995年に在外研究から日本に帰って来てから、眼にしたのは、ベケットの『幸せな日々』日本公演であり、そして北村想さんの『寿歌』公演であった。

ロンドン大学のセミナーでは『幸せな日々』をパリ大学マスターコースのステファアニー女史と一緒にフランス語で演じた。

他のグループは英語で、しかも、細かくて些細な小道具をごちゃごちゃと幾つも使ってリアリズム演劇メソッドに徹して演じた。いっぽう、ステファニー女史は、演技や小道具を一切省いて、専らフランス語の詩を朗読するように発話した。

ブラッドビー教授は、「ベケットは詩人であり、『幸せな日々』はリアリズムではなく、詩劇である」と語った。

『寿歌』を見たとき、『幸せな日々』で二人の男女が砂にうずもれてゆき、幸せだった日々を思い出して終わるラストシーンを思い浮かべた。

北村想さんは、「『寿歌』を書いているとき、半眠状態のまま夢うつつで書いていた」と語ったことが印象に残った。他に、北村さんの芝居には核戦争を思わせる『シェルター』がある。

穴居人は洞穴生活者で、人類が氷河期に住んだ洞窟生活を指すものと思われる。バーナード・ショーが核戦争の時代が来て、氷河時代が到来しても、人類は穴居人の生活に戻って苦難を耐え忍ぶだろうが、必ず生き残ると述べた。「核兵器の不拡散に関する条約」the Nuclear Non-proliferation Treaty（１９７０）が発行されたけれども、現在なおウクライナ・イスラエル他の問題で核戦争の緊張が続いている。

少なくとも、巨大な隕石が地球に衝突すれば水爆の数千倍の爆発力があり、地球は忽ち雲に覆われ氷河期が到来する、地上では環境に耐えられる生物だけが突然変異を起こし、進化を起こして生き延びるかもしれない。バーナード・ショーは核戦争の後も人類は超人的な意思で生き延びると主張し、新しい神話劇『メトセラに帰る』を描いた。

北村さんの『寿歌』にはキリストらしき登場人物ヤスオが登場する。このヤスオは、イエスの系譜を見ると、次のように表す事が出来る。

『新約聖書　マタイ伝』ＡＤ４０年頃書かれたと伝承されている
ダンテ・アリギエーリ『神曲』１５５５年刊行のヴェネツィア版より出版
ジョン・バニヤン『天路歴程』１６７８
ヨハン・ヴォルフガング・ゲーテ『ファウスト』１８０８
バーナード・ショー『メトセラに帰る』１９２２
フランツ・カフカ『断食芸人』１９２４
サミュエル・ベケット『ゴドーを待ちながら』１９５２

寺山修司『疫病流行記』1975
北村想『寿歌』1979

こうしてイエスの系譜を見てくると、明らかにカフカやベケット以後、イエスの存在は希薄になってきたように見える。殊に、カフカが『断食芸人』に描いた芸人の壮絶な死は、フロベールが『聖ジュリアン伝』（1874）に描いた聖人の奇跡さえも、今日のご時世では、希薄に見えてしまう。カフカは熱心なキリスト教徒であり、また、アフガンで感染症と戦った田中哲医師が手術した少女ハリマの咽頭切開手術に立ち向かう苦悩に匹敵する病の体験をした。

寺山修司が『疫病流行記』（1975）（cf.『レミング世界の涯まで連れてって』1979）に描いた感染症患者の死はどのようなテーマを問題にしているのか。架空の病院「陸軍野戦病院」は三〇年前にあったと称する病院で、実際にあるのは「キャバレーパゴパゴ」であり支配人は茉莉子で、「陸軍野戦病院」があった頃、茉莉子はまだこの世に生を受けていなかった。

この病院の地下には牢獄がありそこにビルマ亀という綽名の兵隊が投獄され監禁されており、まるでカフカの『断食芸人』のような風体で隔離されている。

ある少女を巡って兵隊が上等兵を殺害し、その罪で、独房に監禁されている。柔道の亀の固めの形のような状態で狭い場所に監禁され、茉莉子の性欲の奴隷のように奉仕させられている。魔莉子とビルマ亀の関係は、沼正三の『家畜人ヤプー』に描かれた女性の快楽に奉仕する性の奴隷ヤプーのようである。実は、その意味では食事を全く与えられない『断食芸人』より、屈辱的で嗜虐的な奉仕をさせられている。ビルマ亀の恋人は毎日感染症の血液を身体に注入され身体は毒血の詰まった化物に変身している。陸軍野戦病院とは名ばかりの診療所では感染症の血液を注入して化け物を製造している。この血液の化物の正体は感染症菌である。このような長くて入り組んだ舞台設定は、セレベス島で感染症のアメーバー赤痢で亡くなった寺山の父親の八郎が死に至る舞台を設定する為であったと思われる。

インパールの激戦地では、日本軍は戦闘よりも戦の後の疫病のために多くの兵隊が亡くなった。寺山は、父八郎を死に至らしめた伝染性の赤痢菌の擬人化として、血の詰まった化け物が、父八郎に襲いかかったであろう場面に作り変えて劇化したと思われる。

父八郎が、『疫病流行記』でモデルになっている男の名前は麦男である。麦男は父八郎のように感染症で汚染された島を脱出して逃げようとしている。しかし、麦男は感染症の伝染症赤痢菌に捕まり、命は風前の灯となる。しかし死ぬのは米男ではなくて、何故麦男なのか。それは、きっと、寺山が聖書を思い出して書いているからであろう。

終幕の船出の場面で、米男は「この世で一番遠い場所もまたじぶん自身の心臓だもんな」と語る。この台詞は、『レミング～世界の涯まで連れてって～』の結末で語られる台詞と似ている。

寺山修司は詩人であり、その詩人が『疫病流行記』の幕切れを書いているのは重大な意味があることを思い出す必要がある。

例えば、『疫病流行記』の終幕で、米男が死んだ麦男を背負って歩く場面は、寺山の詩『種子』を思い出させる。その詩句は「譬え明日が地球最後の日であっても種を蒔くだろう」の一節である。

寺山の『疫病流行記』で麦男と米男の物語の中に、劇の最後の一節が寺山の詩『種子』を思い出させ、詩のカプレットである事に気が付かせてくれる。

Komeo : Heart! Heart! It's been around! (*laughing*) Mugio! We are going to fall. To the dark south bottom!
　　The time is now!
　The time is now!

米男：心臓だ！心臓だ！まわったぞ！（哄笑する）麦男！僕たちは堕ちてゆくぞ、まっくろな南の底へ！

時は今だ！
時は今だ！

「僕たちは墜ちてゆくぞ、南の底へ」は英訳にしてみると、弱強のソネット形式で書かれていることが分かる。一方、北村想さんは「僕は墜ちてゆくぞ、南の底へ」のフレーズを「落ちていく、落ちていく」と簡略して引用し、しかも、それがソネットだと言っている。

寺山修司の詩『種子』は以下のようになっている。

Can you roll the seeds?
Even if the end of the world is tomorrow
Can you sow seeds?
Lover seed is my love

君は種をまくことができるか?
例え世界の終わりが明日だとしても
種をまくことができるか?
恋人よ、種子はわが愛

『疫病流行記』はアントナン・アルトーの『演劇と分身』の引用から始まって、カフカの『変身』や『断食芸人』とよく似た劇展開が続き、遂に、寺山が好きだったルイス・キャロルの『アリスの魔法の壜』へと転換していく。その後、突如として、アフォリズムでもなく、又、他の作品からの引用でもなくて、遂に、寺山自身のオリジナルの詩が現れる。それが、最後の詩の部分である。それに気が付くのは、その台詞を英訳して見ると、シェイクスピアのソネット形式であり、『十二夜』で、ヴァイオラがセザーリオに愛を打ち明ける場面を思い出させてくれるからである。

Viola. ...
To woo your lady : yet, [aside] a barful strife!
Whoe'er I woo, myself would be his wife. (69)

ビオラ……
あなたの女性を口説くために：それでも、［脇台詞で］なんという空しい争い！
私が誰に結婚を懇願するにしても、私自身は彼の妻になるのです。

このヴァイオラのカプレット（対句）は末尾をf音で繰り返すことによって、ダイナマイトの爆発のように感情を激発する箇所であり、シェイクスピアが詩人であることを示しているところである。

寺山修司の『疫病流行記』を英訳していくうちに、最初から、あいも変わらず、他の作家達のフレーズからの焼き直しのような台詞を読み進めながら、絶えまなく、気の遠くなるほどつき合わされたあげくに、結末に至って、突如、寺山のオリジナルが現れる事に無意識に気が付きブルブルッとする。最初、一読した時は、寺山のオリジナルを感じる箇所である事に気づくのだが、どうしてそれがオリジナルなのか分からない。しかし、幾度も繰り返し読み返して読んでいるうちに、次第に、感動を覚え始め、誰もが感動するはずだという強い思いに駆られる。

しばらくの間、何故ふつふつとした感動が心の底から湧いて来るのかと不思議に思いながら、何気なく寺山の末尾の原文を英訳した個所を何度も読み返してみた。すると、そのフレーズが詩のリズムで書かれている事に漸く気が付くのである。また、この一文によって、寺山修司は詩人であることに気が付かされる箇所である。

寺山が主人公の名前を何故、米男と麦男と名付けたのか。最初から最後まで謎のように悩まされ続ける。おそらく聖書『ヨハネ伝』の第十二章二十四節のキリストの言葉、「一粒の麦地に落ちて死なずば、ただ一つにてあらん、もし死なば多くの実を結ぶべし」が寺山の脳裏にあったからだと思い当たるのである。

このラストシーンは、北村想さんの『寿歌』の最後の場面でリアカーをひく場面を思い出させる。

このリアカーは、寺山修司の映画『書を捨てよ、町へ出よう』のラストシーンで、盗んだリアカーであることが発覚し刑事事件に転換する場面を思い出す。また、この不条理を思わせる結末は、カフカの『審判』でジョセフ・Kが死刑執行を行われる場面をも思い出させるのである。

平和時にこの死刑執行を見ると不条理を思わせるが、カフカがドイツ軍に執拗に追いかけられた第二次世界大戦の無秩序の中では、どうする事も出来ない疾風怒濤の嵐が吹き荒れ、カフカ自身が咽頭結核で壮絶な死を遂げた残酷さを思い出さずにはいかない。カフカが『断食芸人』を自虐的に描き、その役割を自ら演じた姿にはパセティックにならざるを得ない。

寺山が、『疫病流行記』で、悲惨な人間達を家畜以下におとしめ、家畜人ヤプーの如き畜生共や落剝した娼婦達を舞台設定にしなければ、麦男の受難と復活が描けないと考えたからではないだろうか。寺山の父八郎がミッション系の学校を卒業し、また、寺山自身も子供の頃ミッション系の幼稚園聖マリアンナ幼稚園に通い、クリスマスにはキリストの降誕会を見ていた。その記憶が原体験としてあり、青森高校の二年生の時、マクベスの〝Macbeth sleep no more〟に出会ったのであり、それが繋がって、ソネット形式を無意識に自分の心に入り一生いき続けていたのではないだろうか。そして『疫病流行記』のクライマックスで劇詩的な爆発を引き起こしたのである。

第3章　寺山修司の『疫病流行記』と『ヨハネ伝』

まえおき

寺山修司の『疫病流行記』は麦男が疫病で死ぬ幕切れを見ると、聖書の一粒の麦、を思い浮かべる。おそらく聖書『ヨハネ伝』の第十二章二十四節のキリストの言葉、「一粒の麦地に落ちて死なずば、ただ一つにてあらん、もし死なば多くの実を結ぶべし」が寺山の脳裏にあったからだと思い当たるのである。寺山はミッション系の青森市マリア幼稚園入園したのであり、クリスマスにはキリストの降誕会を見ていた。また、父・八郎はミッション系の東奥義塾高校を卒業している。寺山は家庭環境の中でキリスト教に慣れ親しんでいたと思われる。

北村想さんの『寿歌』にはヤスオが登場するのでイエスの世界の雰囲気があり、また、原爆戦争による終末観アポカリプスを表わしている。しかし、チェーホフの『桜の園』やショーの『傷心の家』の雰囲気よりもベケットの不条理劇『ゴドーを待ちながら』のような漠然とした雰囲気を感じさせた。ところが、カフカの『断食芸人』を読んだとき、『寿歌』のゲサクが思い浮かんだ。リアカーを引いて旅回りする芸人、これは、カフカの『断食芸人』ではないかと考えた。しかも、この芸人はイエスの悪魔の誘惑を追い払うのに五〇日間を遥かに超えた日々を絶食し、結末は、薄絹のようにペラペラになった体は風に吹き飛ばされてどこかに飛んで行ってしまう。実は、カフカは完成原稿の校正の最中に、咽頭結核で絶命する。

寺山修司は『疫病流行記』でこのカフカの『断食芸人』のイメージを追いかけている。最初は、ビルマ亀が断食芸人のイメージに見える。だが、実はビルマ亀の愛人の少女がコレラの菌を身体に注入されコレラの化物その物に仕立てられ、遂にこの感染症のお化けが、麦男に襲い感染症で殺害する。『断食芸人』の作家カフカは結核菌で殺される。そして寺山は『疫病流行記』で感染症菌によって麦男が殺される顛末を書いた。いっぽう、北村想さんの『寿歌』では漠然とした死の予感が漂うなか、オープンエンディングで終わっている。

国際寺山修司学会では、これまで２００６年学会設立以来「寺山修司学会には、多くのお医者さんがいるのだが、文系ばかりの研究発表で、医学分野からの研究がないのはどうしてか」という質問が度々あった。

寺山修司は、早稲田大学在学中から、ネフローゼ症候群の難病に苦しみ、闘病生活を余儀なくされ、中途退学している。また、晩年には、腎臓病で苦しみ、肝硬変で亡くなった。

中山荘太郎博士は内科医で、同時に小田原の合唱団に属し、寺山修司作詞の『種子』等に惹かれ、これまでに合唱団で歌い、活躍しておられる。特に中山先生には、寺山自身のネフローゼ研究があり、医療専門の論文「寺山修司　医学篇」を、ネット上で「安藤耕平　アナログからＣＧへ　移行期の映画　寺山修司の遺産と安藤紘平によるイノベーション」所収の、医学に携わる学者の専門研究に読むことができる。同論文は、十分研究に値する専門的な実証に基づき、その症例は科学者として確かな観察眼に基づく臨床研究である。

筆者は、一〇数年来、愛知学院大学の身心学部で『発声発語障害』の科目を担当し、以来統合失調症の研究を続けてきた。寺山修司の『わが心のかもめ』（１９６６年3月22日の20時00分－21時00分にＮＨＫ総合テレビで放送されたミュージカルドラマ）には交通事故で統合失調症障害を引き起こす東千江が登場する。『発声発語障害』の患者には、生まれつき言葉の障害がある子供がいたり、交通事故で言語障害を引き起こす成人が多くいたりする。その典型は、寺山の遺作『さらば箱舟』の主人公捨吉の若年認知症である。或いは、老人になってから、認知症で会話できない患者さんが大勢いる。これらの様々な発声発語障害の治療の事例にあたって研究を続けている。

また、筆者は、音声学の観点から、吃音が原因で正確に発声できない幼児や交通事故傷害者や認知症患者の事例に基づいて研究し、二〇〇〇年以来毎年韓国ソール大学で開催された国際英語音声学会で研究を発表してきた。寺山の作品には小説『あゝ荒野』があり、主人公のボクサーで床屋のバリカン健二が吃音の障害で悩まされる。

更に、コロナの世界的流行により、国際的な感染症が原因で多くの患者が適切な治療法も、薬もなく死に至る問題は、現在最も重大なテーマである。中でも、国際的な感染症の問題は、現在最も重大な主題であり、その中で、寺山修司の『疫病流行記』は注目されるべき作品のひとつである。

近年、中村哲医師がアフガンのペシャワールで感染症の治療にあたって、診療所を6か所開設して難民の治療を無償で行ってきた。また、愛知学院大学では、これまで三〇年以上に渡り、モンゴル、ラオス、ベトナムでホームレスの治療にあたり診療所を六か所開設し無料で診察を行っている。その成果を夏目長門教授が纏め、筆者が英訳した *Understanding of Education for Training Speech Language Hearing Therapists in Japan*（２０１６）は、ベトナムでの診療所の活動を纏めたもので、ベト君とドク君の治療報告も網羅されている。以前ＴＢＳテレビで、２０１７年（平成二九年）1月20日、上皇御夫妻がかつて天皇皇后両陛下であらせられた頃にベトナムの診療所にベトナム国家主席と共に、謁見があり、その時に代表として愛知学院大学夏目教授が同席し、その模様が長時間にわたって放映された。また、その成果が高く評価され同教授が文部科学大臣賞を授与された。

愛知学院大学がベトナム戦争後30年以上にわたる難民を含む治療活動記録を纏めた研究書だけでも、寺山修司の『疫病流行記』を医学的に観察分析するうえで極めて重要であると考えている。

寺山修司の『疫病流行記』に描かれたモデルとなった診療所は、セレベス島、ルソン島、ミンダナオ島等にあるが、寺山脚色『疫病流行記』には太平洋戦争の後30年経ってドラマの語り手の探偵が回想する治療の実態を、かなり空想的で猟奇的に語り、殆ど現場の診療所報告とは程遠い描写があって、実際の医学の治療とはかけ離れていると言わざるをえない。

その第一原因は、寺山が、ペスト研究のモデルとして、医学の専門研究とは無縁の素人アントナン・アルトーが『演劇と分身』に描いた、400年前、近代医学とは縁のない十六世紀時代のイタリアで発生したペストの症例や、更に、ジョバンニ・ボッカチオ作『デカメロン』の事例を基にして描いており、科学者の研究とは全く縁遠い観察によるものであったからである。更にまた、寺山修司は、アルトーの『演劇と分身』の中の「残酷演劇」からペストの検証に基づいて、その記載を寺山脚色『疫病流行記』を書いている時に応用したこと自体が近代医学とは縁のない原因のひとつとなってしまった。

他方、英国の劇作家バーナード・ショーは『医者のジレンマ』を執筆する前に、長年にわたり、実際、肺結核の専門の内科医の元に通い続け、医師と面談し、論文『医師のジレンマ：バーナード・ショーの医療論』（中西勉訳）に纏め、合わせて『医者のジレンマ』を劇作した。また、ショーはイプセンの全作品を『イプセン精髄』に纏め、成果として『人形の家』をモデルにした『マイ・フェア・レディ』を劇作している。その劇作にあたっては、ロンドン大学音声学部のダニエル・ジョーンズ教授の研究室に数年間通い、劇と合わせて音声学関係の著作を自ら数冊纏めた。また、ショーのイプセン論は明治大正時代に小山内薫が参照し、日本で初めてのイプセン作『ガブリエル・ボルクマン』上演の舞台図面をショーのイプセン論に書かれた設計図を基にして舞台化した。つまりそうした記載にもショーの演劇の時代考証は信憑性が高いことが未だに評価されている。

寺山自身が個人的な体験として実際に死と隣り合わせに病気に罹ったのは、早稲田大学の学生時代にネフローゼ症候群の治療で入院した体験であろう。ネフローゼ症候群の研究は、内科が御専門の中山荘太郎先生の症例研究に詳しい。寺山は、医者の診断ではなく、専ら患者自身の視点からその体験に基づいて、論述していて、その点では各所で個人体験においてリアリティーを発揮している描写がある。無論、寺山の視点は、阿佐ヶ谷の総合病院の庭瀬康二医師の所見があった。けれども、あくまでも患者が被った経験に基づく体験談を基にしており、『疫病流行記』に綴られた記述は感染症の医療に携わる医師の症例が殆ど見られない事例にすぎないと言ってよいのではないか。

大岡昇平が書いた『野火』、『俘虜記』、『レイテ戦記』（『中央公論』１９６７年1月号から１９６９年7月号迄）には南方での激戦体験が描かれているので、寺山は『疫病流行記』の描写の中に明らかに参照したものと思われる。また、後に開高健が『ベトナム戦記』（１９８５）を書いたとき、『レイテ戦記』を参照したと言われる。その凄まじい圧倒的なリアリティーが寺山の『疫病流行記』の描写には欠けている。

それにも拘らず、一方で、開高は、ベトナム戦争直後間もない時期に再度訪れて見たサイゴンが戦争前と比べて、戦いの跡形もなく街並みがすっかり変わり果ててしまっていて、唖然としたと書いている。

また、寺山は『疫病流行記』の取材で、父の出兵したスラウェシ島へ出かけたという報告は残っていないようだ。だから寺山が『疫病流行記』の脚本で描写した旧陸軍野戦病院と称する痕跡だけを辿るしかない。

寺山と親交が長年深かったマルグリッド・デュラスの描いた小説に『ラ・マン』がある。デュラスは『ラ・マン』を書くにあたり生まれ故郷のベトナムに取材に行くのではなく、地球の反対側のフランスにいて、50年前にいたフランスとは反対側にあるベトナムのメコン川に住んでいた少女時代に戻って、記憶だけを頼りにして『ラ・マン』を描いた。というのは、デュラスも「生まれ故郷のベトナムのサイゴンがインドシナ戦争を経て、根こそぎに風景が変わってしまって、昔の痕跡が何も残っていない」と、ミッテラン元フランス大統領との対談で述べているからである。

『疫病流行記』に出てくる虚構の登場人物、魔莉子も「記憶」（58頁）[1]に基づいて30年前の「陸軍野戦病院」を構築し、空中楼閣として描かれている。但し、30年前野戦病院があった頃、魔莉子は未だ生まれる前だったと告白している。

むしろ寺山が『疫病流行記』に利用したと思われる陸軍野戦病院の描写は、戦後、寺山の母ハツが三沢の米軍キャンプに働きに行き、基地から持ち帰った新聞雑誌、グラビア雑誌に目を通して南方の戦地報告から窺い知ることができた筈であり、その後で、やがて、父の八郎の戦病死を聞いた直後の母が引き起こした衝撃的なパニック症候群の反応を少年の寺山は目の当たりに見届けたわけで、それら米軍三沢基地の新聞雑誌の知識からヒントを得て陸軍野戦病院とキャバレーパゴパゴとの結びつきが生まれたのであろう。

つまり、寺山ハツが三沢基地で働くことになる戦後のしばらくの間、その頃八郎は戦地のインドネシア中部、ボルネオ島の東方の島スラウェシ島の別称ミンダナオ島で戦病死していたのであり、つまり、アメーバー赤痢を患って感染症に倒れ生死を彷徨って、遂に戦病死していった前後の時期と重なる頃だった筈である。

寺山が使った様々な参考文献によって分かってくることは、『疫病流行記』に描かれた場面から、明確に参考になる場面は、アルトーの『演劇と分身』（１９３２）の他、安部公房の『幽霊はそこにいる』（１９５９）、『箱男』（１９７３）やカフカの『変身』（１９１５）、『断食芸人』（１９２４）等を参考にして場面構成をしていることである。

或いは安部公房作『箱男』よりも、むしろジャン・ジュネの実験映画・白黒映画『愛の唄』（*Un Chant d'Amour*）の作品を思わせる場面描写に見られる。また、ジョルジュ・バタイユの『マダム・エドワルド』（１９６７）やマルセル・エイメの『壁抜け男』（１９４３）に活写された描写にも類似した場面が出てくる。

更にまた、ペスト菌のモデルに使った少女の原型は、寺山の劇作『毛皮のマリー』（１９７６）で欣也が相手にする虫から蛹に変身し蝶にメタモルフォーゼする描写に痕跡があるあるかもしれない。

先にあげたアフガンンのペシャワールやベトナムにある現実の診療所よりも、寺山は空想的な元陸軍病院の場面やキャバレー、パゴパゴの場面に変えて劇を作り挙げている。現在でも、三沢基地に行ってみると、基地の周辺には米軍兵士相手のホステスがいて、キャバレーが立ち並んでいる。

戦時中、日本陸軍でも捕虜を使って人体実験を行ったり、毒ガス製造実験が行われたりした報告がある。第二次世界大戦中、ヒットラーが、アウシュビッツのホロコーストで残虐な人体実験を行った記録や、ヴィクトール・フランクル作『夜と霧』（１９４６）の出版や、アラン・レネのドキュメンタリフィルム（１９５６）がある。また寺山がカフカの『変身』や殊に『断食芸人』をモデルにして、狭い檻に閉じ込められた手も足も出ないビルマ亀の閉塞状況を作り上げたのではないかと思われる。

ペスト菌を少女の身体に注射して体全体をペストそのものに変身させる描写がある。これは、寺山自身がかつてネフローゼ症候群に罹り、その治療で、大量の輸血を行い、それが原因で肝硬変を引き起こした遠因となった体験が基になっていたかもしれない。それにしても、戦地とはいえ専門の医者がコレラ菌を顕微鏡で観察する描写が寺山の『疫病流行記』には殆どない。アフガンの診療所で中村哲医師は元々精神科医であったが、それまで持っていなかった外科医師の免許を取得して、感染症患者だったハリマの咽頭切開手術を実際に行っている。その麻酔も事欠く難民キャンプでの壮絶な戦いに比べ、寺山が書いた身体がペスト菌で詰まった袋に化した若い女性は観念的な妄想によるマゾヒズムから生まれたキャラクターに近い。

医者は、ペスト菌を顕微鏡で観察する。寺山の『疫病流行記』には、一度も顕微鏡を覗いて観察するコレラ菌の描写がされていない。

その代わり、寺山は、コレラ菌を顕微鏡ではなく、ルイス・キャロルの『不思議の国のアリス』に出てくる、ガラス壜を使って、アリスの身体が大きくなったり小さくなったりする描写を利用している。寺山は明らかに、顕微鏡ではなく、このルイス・キャロルの魔法の壜を利用して場面設定をしている。

医師や科学者であれば、アリスの魔法の壜から、顕微鏡を使って観察する方法を連想したかもしれない。ルイス・キャロルの場合、写真マニアだったので、人間が大きくなったり小さくなったりする描写は、カメラのレンズのピント合わせのズームからヒントを得たものと思われる。

コンセプチュアルアートの画家加納光於の微細な絵『胸壁にて』（１９８０－１９８２）は、明らかに顕微鏡や内視鏡を覗いたミクロの世界を描いた絵画である。ルイス・キャロルのアリスはミクロの世界に隣り合わせであっても、極端に微小なミクロの画像を描いた加納光於画伯の異次元の世界とは程遠い。

寺山の描いた『疫病流行記』のペスト菌を擬人化した少女も、ルイス・キャロルが『不思議の国のアリス』（１８８６）に描いた小人になったアリスや、巨人のようになったアリスが原形であり、スウィフトの『ガリバー旅行記』に出てくる小人と巨人のような空想の産物で、医者が顕微鏡で観察して見る微視的なペスト菌とは異なる。

では、どうして、寺山は、極端に小さな、まるで顕微鏡で見るような細菌を描かなかったのか。恐らく、寺山には、医者が毎日毎日何十年も朝から晩まで顕微鏡で細菌を見続けるという経験がなかったことが考えられる。プルーストが『失われた時を求めて』の中に描くコタール医師は、毎日、生涯長きにわたって顕微鏡で細菌を観察し続けている。そのような観察の習慣がなかったからであろう。寺山の俳句短歌はモダニズムであり、自然観察に基づくリアリズムとは趣を異にしていた。

寺山はアインシュタインの『相対性理論』（1905）に関心があり、映画『田園に死す』（1974）では相対性理論を念頭に浮かべて撮影した。だから、当然マクロだけでなく、ミクロの世界にも関心があったと思われる。また、寺山はディドロの『盲人書簡』（1749）にも関心があり、エドマンズ・ギンズの書いた『ヘレン・ケラーまたは荒川修作』（2010）で描いた「ブランク」（＝極薄、ultrathin）に関心を懐いていたかもしれない。しかし、その真逆にある顕微鏡が捉えたミクロの世界にコレラ菌が映し出される。

1903年、オランダの医師ポンペ・ファン・メーデルフォールトが、咸臨丸に乗って長崎の出島に着いたとき、顕微鏡を2台持ってきたと言われる。ポンペの弟子には森鴎外の親戚にあたる伯父がいた。実際、鴎外は明治二十年（1887）、ドイツのカールスルーエで行われた、第4回国際赤十字会議に出席し、ポンペに会っている。

恐らく、寺山はエイゼンシュテインの『戦艦ポチョムキン』（1925）を見た筈で、映画冒頭の場面でスクリーンに映しだされたコックが顕微鏡で覗いて見た腐肉に群がる蛆虫に関心があったはずである。

先ず、劇の冒頭にある「あなたの病気」とは、アントナン・アルトーの『演劇と分身』にある「分身」を指している。

次いで、「町から鼠がいなくなった」のフレーズは、アルベール・カミュ作『ペスト』（1947）の冒頭の一節を思わせる。「鼠が一匹」という台詞は『レミング～世界の涯まで連れてって～』（1979）にも出てくる。

レミングは鼠の一種で、大発生すると、或る日突然、皆、一斉に海に向かい、泳いでいるうちに全て溺死してしまうという。この台詞も『レミング』に出てくる。

「額に斑点」は、感染症の症状を表わしている。サミュエル・デフォーの『疫病流行記』（1722）にも頻繁に描写される。

劇中「羅針盤売り」の羅針盤には北を示す針がないという。しかし、羅針盤に南があれば、その反対方向は北のマークがなくても北である。南の針があるのに、北の針がないというのは自家撞着である。

娼婦達の歯磨きの場面が劇中にあるが、『奴婢訓』（1978）では、水飲み百姓たちが一斉に食事をする仕草にも表わされている。

8場には、「ビルマ亀」が登場する。人間であるが、狭い地下室に長年軟禁されたままでいたので、四足動物さながらに変身し、身体全体を甲羅で覆われているかのようにみえる。モデルとなったのはカフカの虫や檻に入れられた『断食芸人』を思わせる。断食芸人は50日以上断食して、最後には木乃伊の干物のように風に舞ってひらひらと転がり捨てられる。カフカは咽頭結核で亡くなったが、今際の時にはひどく苦しんだといわれ、咽頭結核から併発した感染症で絶命した。

劇に登場する歯科医は患者を診察台に縛り付けて治療する、だから、いわば刑の執行人のようである。

また、劇に描かれた「壜」は、アリスの不思議な冒険で、人間が小さくなったり大きくなったりするのに使われている。

劇中、登場する俳優たちの「役割演技」は、寺山のワークショップで頻繁に行われる、また、役割交換のエクササイズもよく見られ、『奴婢訓』では俳優はお互いに、主人に成ったり、いきなり役割を交換して、召使に成ったりする。これは寺山の芝居では頻繁に使われるエクササイズで、つまり演技技術のうちのひとつである。

また「忘れられた女」の場面は（74頁）マリー・ローランサンの詩にある場面描写と類似している。「忘れられた女」（「鎮静剤」（1914））の場面を、寺山はペスト菌に体全身が犯され、日常生活に疲れはて、汚物のように捨てられる娼婦として描いている。

忽然と刑事が登場するが、羅針盤売りの別名でもあり、この刑事に似たキャラクターは『花札伝綺』にも登場する。また、劇中に、忽然と登場する令嬢は「あたしの名は病気」と言って、米男と麦男に付き纏っている。この令嬢は巨人のように身長が伸びたり小人のように小さくなったりする化け物であり、ペストの別名として登場する。（79頁）

次いで包帯の川（80頁）の場面がある、この場面で、役者たちは、アクロバットのワークショップで見ることが出来る長い包帯を使う。殊に包帯を使ったエクササイズはサーカスで見るアクロバットと同じ高等技術を要する。

これに続く場面で、ビルマ亀の分身として箱男が出てくる。二メートル四方の箱に、男が、二十五年間閉じ込められている。やがて、蝿叩きの女が登場し、箱を叩いて蝿を追い払っている。

ビルマ亀は檻に閉じ込められているが、一方、箱男は箱に覆われた中に居て外側から姿が見えない。寺山の作品には、箱を使ったラジオドラマ『鳥籠になった男』等が他にもある。ある意味で、安部公房の『箱男』のカリカチャーでもある。更に、今村昌平監督の『人間蒸発』（１９６７年）の日本映画があるが、箱の中から外を覗くドキュメンタリー映画と発想が似ている。

次いで、消毒人が現れ（82頁）て、箱男を消毒する。箱男は、箱の中で生活するうちに箱化してしまう。（85頁）マルセル・エイメの『壁抜け男』（１９４１）は壁に挟まれて抜け出せなくなるイメージが箱男にもある。

箱男が、煙草を吸っている（83頁）場面がある。これはジャン・ジュネが、監獄の内部を描いた実験映画・白黒映画『愛の唄』（*Un Chant d'Amour*, 1950）を連想させる。

次いで、巨大な浣腸器（82頁）が出てくる。この小道具のお化けは、『レミング』で使われる巨大な体温計を思い出させる。

短い寸劇「疫病オペラ」が挿入される。この場面には、墓堀人が登場する。ハムレットの墓堀のギャグとして使われ、ストレートプレイではなく、オペラ形式を借りて、コミカルに人間の死を描いている。

続いて、殆ど死にかけていた麦男がむっくりと立ち上がる。この場面はサルトルの『賭はなされた』（1947）で死んだ男がむっくりと立ち上がる場面を思い出させる。

次いで、時刻表の場面で、忽然として刑事が現れて、登場人物たちに役割演技を文字通り指定して、各人に役割演技の指揮をする。

米男を演じる俳優が、もう一人別に登場して、アルトーの言う「分身」として、米男自身の台詞を喋る。

ここの場面で、漸く謎めいたビルマ亀が引き起こした事件の真相が明かにされる。つまり、少女を巡って些細な痴話喧嘩が起こり、その結果、少女の愛人だった一兵卒が上等兵を殺し、罰として、同一兵卒は、ビルマ亀のように狭い檻の中に閉じ込められた経緯が明かされる。

ビルマ亀が狭い檻に閉じ込められた独房は、まるで、ワイルドの『サロメ』（1893）に出てくる預言者ヨカナンが、深い洞窟に閉じ込められる場面を想起させる。サロメによって首を掻き切られて穴から出て来る世紀末的なエロスとカリカチャーとが同居して描かれている。沼正三作『家畜人ヤフー』（1956）を戯画化したような少女の愛人は、ビルマ亀に突如変身を遂げて登場するのである。

「一切の記憶は疫病」（91頁）と魔莉子を演じる役者が語る。劇はこうして、疫病感染に苦しむ患者の懊悩を意識の流れのようにして次から次へと描き分けられていく。

終幕の船出の場面で、米男は「この世で一番遠い場所もまたじぶん自身の心臓だもんな」と語る。この台詞は、『レミング〜世界の涯まで連れてって〜』の結末で語る台詞と似ている。

寺山修司は詩人であり、その詩人が『疫病流行記』の幕切れを書いているのは重大な意味があることを思い出す必要がある。

先に触れたように、例えば、『疫病流行記』の終幕で、米男が死んだ麦男を背負って歩く場面は、寺山の詩『種子』を思い出させる。その詩句は「譬え明日が地球最後の日であっても種を蒔くだろう」の一節である。

寺山の『疫病流行記』で麦男と米男の物語の中に、劇の最後の一節が寺山の詩『種子』を思い出させ、詩のカプレットである事に気づかせてくれる。

Komeo：Heart! Heart! It's been around! (*laughing*) Mugio! We are going to fall. To the dark south bottom!
　The time is now!
　The time is now!

米男：心臓だ！心臓だ！まわったぞ！（哄笑する）麦男！僕たちは堕ちてゆくぞ、まっくろな南の底へ！
　時は今だ！
　時は今だ！

寺山修司の詩『種子』は以下のようになっている。

Can you sow seeds?
Even if the end of the world is tomorrow
Can you sow seeds?
Lover seed is my love

種をまくことができるか？
例え世界の終わりが明日だとしても

種をまくことができるか?
恋人よ、種子はわが愛(2)

『疫病流行記』はアントナン・アルトーの『演劇と分身』の引用から始まって、カフカの『変身』や『断食芸人』とよく似た劇展開が続き、遂に、寺山が好きだったルイス・キャロルの『アリスの魔法の壜』へと転換していく。その後、突如として、アフォリズムでもなく、又、他の作品からの引用でもなくて、遂に、寺山のオリジナルの詩が現れる。それが、最後の詩歌の部分である。それに気が付くのは、その台詞を英訳して見ると、シェイクスピアのソネット形式であり、『十二夜』で、ヴァイオラがセザーリオに愛を打ち明ける場面を思い出させてくれるからである。

Viola. ...
To woo your lady : yet, [*aside*] a barful strife!
Whoe'er I woo, myself would be his wife. (69)(3)

ビオラ……
あなたの女性を口説くために：それでも、[脇台詞で] なんという空しい争い!
私が誰に結婚を懇願するにしても、私自身は彼の妻になるのです。

このヴァイオラのカプレット(対句)は末尾をf音で繰り返すことによって、ダイナマイトのように感情を激発する箇所であり、シェイクスピアが詩人であることを示しているところである。
寺山修司の『疫病流行記』を読んでいくうちに、最初から、あいも変わらず、他の作家達のフレーズからの焼き直しに似た台詞を読み進めながら、絶えまなく、気の遠くなるほどつき合わされたあげくに、結末に至って、突如、寺山のオリジナルの詩が現れる事に無意識に初めて気が付く。次いで、一読した時は、寺山のオリジナルを感じる箇所であるのだが、どうしてそれがオリジナルなのか分からない。しかし、何度も繰り返し読んでいるうちに、次第に、感動を覚え始め、誰もが感動するはずだという強い思いに駆られる。

しばらくの間、何故ふつふつとした感動が心の底から湧いて来るのかと不思議に思いながら、何気なく寺山の末尾の原文を英訳した個所を読み返してみる。すると、そのフレーズが詩のリズムで書かれている事に漸く気が付くのである。また、この一文によって、寺山修司は詩人であることに気が付かされる箇所である。

寺山が主人公の名前を何故、米男と麦男と名付けたのか。最初から最後まで謎のように悩まされ続ける。おそらく聖書『ヨハネ伝』の第十二章二十四節のキリストの言葉、「一粒の麦地に落ちて死なずば、ただ一つにてあらん、もし死なば多くの実を結ぶべし」が寺山の脳裏にあったからだと思い当たるのである。

纏め

寺山の『疫病流行記』は、ペストに関する一種のアフォリズムのように、次から次へとペストのイメージが現れ出て変化して展開していく。ペスト、つまり、感染症は、人類がアフリカで二十万年前に誕生して以来、同時に現れて、次から次へと姿や形を変えて、やがて人類が滅びるまで、まるで背後霊のように、出てくる。恐らく、寺山は、アントナン・アルトーの『演劇と分身』を読み、次いで、ボッカチオの『デカメロン』を読んだのではないだろうか。『デカメロン』は『十日物語』で一晩ずつ新しい物語が出てくる。ペストの恐ろしさを忘れるために、面白い話を次々と展開し、恐ろしい感染症を忘れようとして書いた余興と思われる。

パンデミックの大流行で世の中が暗くなる毎日であるが、寺山の『疫病流行記』は、戦後三十年後になって、ありもしない空想の妄想が蘇り、セレベス島で父寺山八郎の死にまつわる記憶をたよりながら劇化している。

しかし、父寺山八郎の死を、一体誰の記憶によって辿るのか。本稿では、寺山が私淑していたマルグリッド・デュラスの小説『ラ・マン』を再読すると、幾つかの手掛かりを与えてくれる。つまり、デュラスの書いた小説『ラ・マン』は50年前ベトナムで出生した記憶を遠く離れたフランスから、記憶に頼って書いている。七十代の老婦人デュラスが十五歳の娘の自分に戻って、地球の反対側にあるメコン川の少女時代を回想している。まるで、プルーストがフランスのカブールの海岸に面した「グランド・ホテル」に閉じこもり、マルセル少年が菩提樹のお茶をマドレーヌに浸して、舌が覚えていた記憶を、あたかも教会の大伽藍のような記憶を蘇らせる。そのように、今度は、寺山は詩集『父還せ』を『疫病流行記』にドラマ化したのである。

寺山にはセレベス島の記憶は恐らく無いわけで、むしろ記憶にあるのは戦後三沢基地近くの寺山食堂で、父八郎の死を知った日の出来事が鮮明に記憶に残っていたものと思われる。当時、母ハツは夫・八郎の死を知ってから、耐え難い苦痛から立ち直るために三沢基地で働いていた。寺山の『疫病流行記』は実際のセレベス島の陸軍野戦病院よりも、ベトナム基地へと飛行機が飛ぶ立つ三沢基地で、母ハツが働いていた三沢米軍基地の想い出が記憶の底にあったのであり、その頃、父・八郎がセレベス島（＝スラウェシ島）で感染症によって今際の死の淵と重なりあっていたのであろう。三沢基地は、ある意味で、アメリカであり、三沢基地周辺にある基地の町のキャバレーがあり、セレベス島の陸軍野戦病院の幻影が微妙に重なっていたのではないだろうか。

寺山は、常々、劇は半分作家が書いて、後残りの半分は役者が作ると言っている。伊丹十三がYOUTUBEで『草迷宮』の寺山の映画作りについて、藤本義一との対談で語っているが、寺山の独特な芝居作りについて話している。つまり、伊丹の話によれば、最初に大まかな芝居の話の内容が話される。その後、芝居の大枠が示される。その段階になっても、所謂台本なるものは出来上がっていなかった、と語っている。

寺山は詩人なので、詩人としての台詞は詩形で書いている。その他の場面は役者のアドリブを纏めて描いている。『疫病流行記』の最後の詩の台詞の後、役者達が銘々、その日その日に、台詞を決めてアドリブで話すと、ト書きに書いてあるが、それが手掛かりになる。

辛うじて分かる事は、最後の台詞近くまで、ワークショップのエクササイズに似た台詞のやり取りが延々と続くところがヒントになる。ところが、終幕近くになって、今度はエクササイズではなく、寺山のオリジナルの詩句が突如として現れる。その部分を読む者はその言葉の魔力に心が引きつけられる。こうして、それは誰もが惹かれ共有できるフレーズに違いないと気が付く。その部分を後で英語に訳してみると、ソネットの詩形で書かれていることに気が付くのである。

かつて、ミドルセクス大学のレオン・ルビン教授が語っていた事であるが、「シェイクスピアの劇は詩の部分はシェイクスピアが描き、それ以外の他の部分は同時代の喜劇役者達「ローレンス・フレッチャー（Lawrence Fletcher）、ウィリアム・シェイクスピア、リチャード・バーベッジ、オーガスティン・フィリップス（Augustine Phillips）、ジョン・ヘミングス（John Heminges）、ヘンリー・コンデル（Henry Condell）、ウィリアム・スライ（William Sly）、ロバート・アーミン（Robert Armin）、リチャード・カウリー（Richard Cowley）が状況に合わせてアドリブで即興の会話で話した」と述べている。

『疫病流行記』にはこれと言った筋がない。このことは、他の戯曲論と照らし合わせてみるとよくわかる。例えば、フライタークの『戯曲の技法』（１８６３）では古今の戯曲を分析して、筋の発端・上昇・頂点・下降・破局の5部分から戯曲がなっている。日本では、能の「序破急（じょはきゅう）」五段構成を示した世阿弥（ぜあみ）の『能作書』（１４２３）があり、近代に入ると久松定弘が『独逸戯曲大意』（１８８７）でヨーロッパの戯曲理論を紹介し、さらに森鴎外、石橋忍月らがこれを更に深めた。更にまた、小山内薫が、ウィリアム・アーチャーの『作劇法』（*Play Making : A Manual of Craftsmanship*, 1912）を翻訳して紹介した。

戯曲を再読して考えてみると、寺山の『疫病流行記』には、台詞は、殆ど取り留めもない些細な出来事である、しかも、あやふやで空想的な「記憶」に基づいたエピソードが次々と連続して現れる。ところが、最後のところで寺山自身が描いたオリジナルの詩のリズムとなって突如現れる。つまり、『疫病流行記』は詩人の寺山修司が描いた詩劇であることがこの詩のリズムによって分かるのである。

寺山修司が何故『疫病流行記』の結末にシェイクスピアの『ロミオとジュリエット』のソネット形式で結んだのか。文献によれば、「『ロミオとジュリエット』に出てくる手紙の場面で、この手紙をロミオに運ぶ使者の僧が、その途上、ペストの患者に遭遇して、その患者と共に家に閉じ込められ、足止めを食らってしまったからだ」と綴られ、『ロミオとジュリエット』（1595）とペストとの繋がりを指摘されている。イタリアのロミオの時代から200年後にシェイクスピアが活躍していた時代にロンドンでもペストが猛威を振るっていた。

寺山は、サミュエル・デフォーの『疫病流行記』やアルベール・カミュの『ペスト』に倣って、自作の『疫病流行記』を書いたばかりでなく、アントナン・アルトーの『演劇と分身』に書かれた「演劇とペスト」から遡って、1400年代にイタリアでボッカチオが『デカメロン』にペストを執筆した時代に、ペストが大流行した事に目をとめたのである。更科功博士は「人類が始まって以来、人類が滅びる時まで疫病が繰り返し何度も姿を現す」と語っている。『疫病流行記』の続編とも思われる『壁抜け男～世界の涯まで連れてって～』では鼠が登場する。レミングは鼠の一種で、増えすぎると突如、群れを成して海へ向かって押し寄せ、一匹残らず溺れ死に全滅すると書いている。

更科博士によれば「人間が死ねば、ウイルスも死ぬ。細菌は自分自身だけでは、蛋白質を再生産出来ないので、蛋白質の供給源である人間に寄生しているわけである。だが、人間が死ねば、細菌も自ら蛋白質を生産出來ないので、死に、やがて垢や埃のように、人間の肌からはがれ落ちてしまう」と。アントナン・アルトーは『演劇と分身』で、『デカメロン』を引用して、「ペストで死んだ人の身体が感染症の膿で爛れた皮膚が、翌日には綺麗になって健康な人の肌のようになっている」と書いている。文系の人達が『演劇と分身』を読むとペストには何か魔術が働いているように見えるが、実は更科博士が指摘する説明によれば、「細菌は、DNAの枠だけで何もないのだから、寄生していた人間の身体が死んだ場合、細菌だけでは人間のように自ら蛋白質が再生産できないから、やがて細菌もDNAの枠だけが垢や埃のように皮膚から剥がれ、人間の皮膚から剥がれ落ちて死ぬか、或いは、逃げ去ってしまう」という。

寺山が、文系のアルトーの論述に従って『疫病流行記』を書いていたとき、医学系の更科博士の論述を知らなかったことになる。だからこそ、詩人寺山修司のカプレット（対句）だけが、『疫病流行記』の中では唯一、感染症で亡くなった父八郎に捧げる挽歌『父還せ』となっていることを浮き彫りにしてくれるのである。

注

（1）寺山修司の劇5　思潮社　１９８６　以下、同書からの引用は頁数のみ示す。

（2）寺山修司　『種子』　寺山修司研究 vol.1 文化書房博運社　３－４頁。

（3）William Shakespeare, *Twelfth Night* (The Complete Works of William Shakespeare, The Hamlyn Publishing Group Limited, 1972), p.960. All the quotations from *Twelfth Night* are from this edition. The page numbers are in parentheses.

第4章　サミュエル・ベケットと北村想の詩劇

1．まえおき

サミュエル・ベケットは『プルースト』（1931）論の中で、『失われた時を求めて』（1913‐1927）を論じるにあたり、中心主題のひとつである「心の間歇」を省略して、ペシミズムの観点から論じている。[1]これに対して、カズオ・イシグロは「心の間歇」にインスピレーションを受けて、5歳の頃の微かな記憶を辿り日本の面影を小説『浮世の画家』（1986）に書いたと、ノーベル賞受賞の演説で述べている。[2]

ベケットが、『失われた時を求めて』から「心の間歇」を省いた理由のひとつは、プルーストの最も重要な主題はショーペンハウエルの厭世観にある事を嗅ぎつけたからである。実際、S.E.ゴンタースキーによれば、ベケットはショーペンハウエルのペシミズムに深い影響を受けた。[3]いっぽう、イシグロは日系イギリス人としてマイノリティーであるがゆえに、アイデンティティークライシスに直面して懊悩した。だが、「心の間歇」を読み、そこから霊感を受けて『浮世の画家』を書くきっかけを掴んだと述べた。

イシグロばかりでなく、クロード・レヴィ＝ストロースも現代人が失った心の糧を追求した結果、現代社会がペシミスティックな状況に覆われている謎を嗅ぎ分け、『神話論理』（1964‐71）（『生のものと火にかけたもの』）（1969）で「心の間歇」が引き起こした霊感に導かれて、やがて、舌が覚えていた太古の味覚の記憶に遡り、文明社会が失った未開人の食文化を再発見した。[4]

ベケットは「マドレーヌに触れた舌の記憶」（p.21）[5]よりも、むしろプルーストが第一次世界大戦で被った戦禍を描いた『見出された時』（1969）に漲る汚泥にまみれた悪徳に共感した。毒々しい虚飾に塗れた貴族サン・ルーは、最前線で砲弾を浴び、首と胴体が真っ二つに裂けて戦死する。[6] 堀真理子氏は『改定を重ねる『ゴドーを待ちながら』演出家としてのベケット』の中で、「ベケットが『ゴドーを待ちながら』で表した世界は、大戦下、ナチスの弾圧にあった友人のポール・レオンやアルフレッド・ペロンが、ナチスの秘密警察が強制逮捕に来るのを待ちながら、その切羽詰まった苦悩と死を描いている」と述べている。[7]

1994年、ロンドン大学演劇学部、デヴィッド・ブラッドビー教授のセミナーでは、ベケットの『ゴドーを待ちながら』（1952英語）や『幸せな日々』（仏語1961）の上演があり、詩人ベケットの演劇に触れることが出来た。帰国後、名古屋の栄にある芸文小劇場で、ピーター・ブルック演出、ナターシャ・パリー出演の『幸せな日々』（仏語）を観劇した。

その後、ベケットの『ゴドーを待ちながら』に影響を受けた劇作家の新解釈がでた。なかでも、日本では北村想さんが『寿歌』（1979）の上演で『ゴドーを待ちながら』に対する解釈を更新し続け、その後4部作『寿歌西へ』（1985）となって結実した。北村さんは『寿歌』で、コミカルな旅芸人一座にシリアスな求道精神が絡んだトラジコメディを書いた。これに対して、別役実は、寡黙なベケットに対して、饒舌な不条理劇を上演している。なかでも『バス停のある風景』や『或る昼下がり』では、ベケットの『ゴドーを待ちながら』のうち、「ゴドー」を「バス」にして、〝バスを待ちながら〟に変え、平和な日常生活における、不条理なブラックコメディに仕立て直した。別役は、北村さんの『寿歌西へ』の続編に限りない「西へ」のリフレインに共感したと劇評に書いている。2018年5月に名古屋、栄の芸文小劇場で『寿歌』の再演が行われた。この公演はベケットの『ゴドーを待ちながら』の荒廃したペシニスティックな世界と共通した演出であった。

ベケットの『ゴドーを待ちながら』を凌駕すると評評された、いとうせいこう作、ケラーノ・サンドロビッチ演出の『ゴドーは待たれながら』が東京芸術劇場で２０１３年4月に上演された。ゴドーを待つのではなく、「ゴドーは待たれる」という逆さまの解釈によって上演した。

ベケットは『ゴドーを待ちながら』や『幸せな日々』のような比較的長い芝居を描いたあと、次第に短くなる作品へと変貌を遂げた。それにしたがって短い劇を解釈するのが一層複雑で困難になった。ベケットの『ゴドーを待ちながら』は代表作のひとつであるが、むしろ、問題作は後期の作品にあり、その台詞がますます短く、難解になっていくので、劇の解釈を巡って未だにさまざまな問題を引き起こしている。

不条理劇として現代劇を概観すると、ベケットの『ゴドーを待ちながら』と北村想の『寿歌』を比較した時に、永い歳月にわたる上演史には幾多の変遷が見られる。先ず、ベケットの場合、『ゴドーを待ちながら』は大戦下での不条理な状況を現した劇として上演された。しかし、不条理（absurdité）にはabsurd（馬鹿馬鹿しい）の意味があり、レジスタンス運動を密告する背信行為による挫折や、どうにもならない時代の閉塞感を、ファルス紛いに『ゴドーを待ちながら』を演出する公演が現れた。その後、ベケットの台詞にはレジスタンスを政治の側面からだけではなく、アントナン・アルトーの『演劇とその分身』（１９３２）に見られる分身（＝ダブル）や、論理ではなく詩によってしか表せない解釈を取り入れて、ドラマを表現する演出が加わった。ベケットの後期の作品になると、『わたしじゃない』（１９７２）では、暗い舞台に女優の口元だけにスポットライトが当たり、ほとんど意味不明なお喋りが延々と続く。この短い劇にはプロットがなく、抽象的で、舞台転換もなく、女優が発する声の響きを耳にすると抒情の溢れた詩情に触れることが出来る。堀真理子氏はこれをベケットの「音楽性」（pp.164–165）の魅力と指摘している。ベケットはジェームズ・ジョイスのダダイズムやマルセル・デユシャンのシュルレアリスムに影響を受け、詩的な言葉を過剰に表現した。

いっぽう、北村さんの『寿歌』（１９７９）には、手品師のヤスオがその名もイエス・キリストを思わせるように登場する。『寿歌』は不条理劇であるけれども、ゲサクの軽口が真骨頂で、改作『寿歌西へ』（１９８５）ではゲサクの狂言回しが益々過剰となり、ドラマ自体が西へと駆立てられ、訳もなく西へ西へと向かう理不尽なエネルギーを高めている。その後、一転して、『処女水』(2001)では物語の断面を切り取り、前後の脈絡もない、インタールード(幕間狂言)を作った。また、その後『偶然の旅行者』(2016)では舞台が広大な宇宙に拡散し、人を待つことも人が到着することも、意味が希薄になり、ペシニズムが濃厚になっている。

本稿では、ベケットの『ゴドーを待ちながら』や『幸せな日々』に見られる比較的長い台詞があり、また劇的なメッセイジ性のある作品から、後期のプロットがなくなった『わたしじゃない』へと、ベケットの劇が変質していった経緯を解読する。そして、北村さんが、『寿歌』から『寿歌西へ』に見られるメッセイジ性のある作品から、近作の『処女水』や『偶然の旅行者』に顕著になった、いわば、設計図の断面図だけを鋭利な刃物で切り取って提示する劇を読み解く。

ベケットはショウペンハウエルの厭世観が自作のドラマに濃厚であり、『プルースト』論で、『失われた時を求めて』のペシニズムを取り上げて論じた。そのうえで、「心の間歇」は自明の理だから省いたと述べ、『ゴドーを待ちながら』でも、厭世的な作品として劇化している。いっぽうで、ベケットには『ジョイス』論があり、詩的で、一見意味のないように見えるダダイズムが濃厚であり、アルチュール・ランボーの『イリュミナシオン』(1886.5-1886.6)に描かれた言葉による洪水を思わせる瓦解した荒地が見られる。(8) また、北村さんのドラマ『寿歌』を含む作品は厭世的であるが、果たして、ベケットのような厭世観や詩的で狂的なダダイズムがあるかどうか、それとも北村さんの芝居にはベケットと違った独自なアイディアが見られるのかどうかを検証する。

2. サミュエル・ベケットの『ゴドーを待ちながら』

『ゴドーを待ちながら』は二幕劇で、舞台中央に木が一本立っており、田舎の一本道がのびているだけの裸舞台である。第一幕はウラディミールとエストラゴンの浮浪者が、ゴドーを待ち続けている。２人はゴドーに会ったことはなく、たわいもないゲームをしたり、滑稽で実りのない会話を交わしたりする。そこに、ポッツォと従者のラッキーがくる。この二人はウラディミールとエストラゴンの分身（＝ダブル）である。ラッキーは首にロープを付けられ、「市場に売りに行く途中だ[9]」とポッツォは言う。ラッキーはポッツォの命令で踊るが、「考えろ！」（p.42）と指示されると、突然、不条理で哲学的な演説をする。（pp.42-45）彼らが去った後、使者の少年がやってきて、「今日は来ないが、明日は来る」（p.50）とゴドーからの伝言を告げて終わる。

第二幕は、第一幕の反復で、ウラディミールとエストラゴンが相変わらずゴドーを待ち続けている。第一幕と同様、ウラディミールとエストラゴンの分身として、再びポッツォとラッキーがやって来る。だが、今度はポッツォが盲目になっており（p.84）、ラッキーは沈黙している。彼らの間に何か事件が起きたことを暗示している。その後、二人が去ると、また、使者の少年がやってくる。この場面は、堀真理子氏は『改定を重ねる『ゴドーを待ちながら』演出家としてのベケット』（２０１７）の中で、ウラディミールとエストラゴンはナチス秘密警察の襲撃を待ち受けながら重苦しい時代の閉塞感に耐えられず、自殺を図るのであるが失敗するという。そして何も起こらず幕となる。舞台全体には厭世観が漂い、救いはないように思える。

ロンドン大学で１９９４年『ゴドーを待ちながら』を上演に参加して帰国したあと、新国劇出身の緒方拳（２０００、２００３年）が極度に衰弱した軀に鞭打ちウラディジミールを演じるのを観た。

VLADIMIR : [*Hurt, coldly.*] May one inquire where His Highness spent the night?
ESTRAGON : In a ditch.
VLADIMIR : [*Admiringly.*] A ditch! Where?
ESTRAGON : [*Without gesture.*] Over there.

VLADIMIR : And they didn't beat me.
ESTRAGON : Beat me? Certainly, they beat me.（p.9）

エストラゴン役を演じた緒方拳は、見かけはひょうきんであるが、次の瞬間、忽ち豹変して、鬼気迫る苦悩を表現した。『ゴドーを待ちながら』では末期の病人に救いはないのか、という諦観や厭世観が漂っていた。緒方拳のエストラゴンと串田和美のウラディミールの台詞の遣り取りは、『奥の細道』（１６８９）で芭蕉と曾良が交わす会話を彷彿とさせた。芭蕉が旅に出た理由のひとつは、死が遠いところにあり、その死を求めて旅にでかけたという。

堀真理子氏は『ゴドーを待ちながら』のウラディミールとエストラゴンの遣り取りは、アウシュヴィッツの遣り切れない閉塞状況を表していると論じている。（p.204）哲学者のジャン＝ポール・サルトルが、アンガージュマン（＝社会参加）して、ナチスに捕まり死と直面した経験を描いた小説『壁』（１９３７）と比較して、『ゴドーを待ちながら』は当時のっぴきならない政治状況よりも、むしろベケットが詩人として、厭世観漂う中でナチス秘密警察に襲われ、死刑執行された友人に対する哀悼を表していると指摘する。

俳人の馬場駿吉氏は、堀氏の論文を例に挙げながら、ベケットは厭世的な戦時情況を芝居に描き、陰鬱な事象を只管事細かにリアルに記すことを重視していると述べる。[10] いっぽう、ロンドン大学のブラッドビー教授は、「ベケットはリアリストであるよりも、むしろ詩人であったことに力点を注ぐべきだ[11]」と語った。堀氏はロンドン大学ロイヤルホロウエイ校の大学院でブラッドビー教授のもとで講義を受講し、ベケットの『ゴドーを待ちながら』を論じ、言葉にはならない苦悩を詩的に解釈する指導を受けた。堀氏は、ベケットが、『ゴドーを待ちながら』を再演するごとに益々ペシニスティックに演出したと述べている。（p.217）けれども、ベケットにはレジスタンスの詩人としてばかりでなく、サーカスやバレーやヴォードヴィルにも嗜好があり、[12]（p.15）更に世界中の国々の上演を精査したうえで、オールラウンドに論じている。

3.『幸せな日々』

『幸せな日々』（1963仏）の第一幕は抜けるような青空の下で、女性のウィニーが、小塚のような盛土の中で、腰まで地中に埋まり1人でいる。彼女は目覚まし時計の音で目を覚まし、歯を磨き、お祈りを唱えて、などなど、そのような状況の下で「日常的な茶飯事」を繰り広げる。この小塚の向こう側に、彼女の夫、ウィリーが現れるが殆ど声を出さず、また振り返りもせず、ただ只管新聞を読んでいる。いっぽう、ウィニーは間断なくお喋りをする。その様子は、彼女が狂気から逃れるためであるかのように見える。

第二幕は、第一幕の複製で、変った事と言えば、ウィニーはとうとう小塚の中で喉元まで地中に埋まっている。第一幕で、「日常生活」を表していた細々とした数々の日用品に手が出せなくなり、使うことも出来ない。それでも、ウィニーはお喋りを続けている。やがて、小塚の向こう側から、このような状況とは不似合いに、正装をしたウィリーが登場する。ウィニーは彼に自分の名前を呼んでもらおうと、呟き続けるという馬鹿馬鹿しい対話が続く。

ロンドン大学ロイヤル・ホロエイ校のブラッドビー教授のセミナーで、ベケットの『しあわせな日々』の公演があり、パリ大学大学院マスターコース所属のステファニー女史がウィニーを演じた。

WINNIE: Begin, Winnie. [*Pause*] Begin your day, Winnie. [*Pause. She turns to bag, rummages in it without moving it from its place, brings out toothbrush, rummages again, brings out flat tube of toothpaste, turns back front, unscreus cap of tube, lays cap on ground, squeezes with difficulty small blob of paste on brush, holds tube in one hand and brushes teeth with other.*][13]（HAPPY DAYS, 1961）

ステファニー女史の属するグループはフランス語で『幸せな日々』を演じた。ステファニー女史はウィニー役を演じたが、役者としての所作が殆んどなく、殆ど詩を朗読しているようであった。けれども、ブラッドビー教授は「ステファニー女史のフランス語の朗読は、詩的で、ベケットの考えをはっきりとドラマに表している」と評価した。ブラッドビー教授はベケットの狂気のような不条理を、アントナン・アルトーが『演劇とその分身』に描いたドッペルギャンガーを思わせるような分身による狂熱的な詩の発露に見ている。[14] ランボーの『イリュミナシオン』は、アルトーの出現により狂気が怒涛のように渦まき、まさに、パラドキシカルな詩的感覚を呼び起こしている。つまり、ベケットは不条理な世界を詩的言語で充たす。殊に、台詞の一語一語はダダイズムでシュルレアリスムに満ち溢れているけれども、詩歌を声に出して、朗読することによって、無味乾燥な空間は、言葉のリズムにより、次第に、濃密で抒情的な空間に溢れながら、厚みを加え、劇空間全体をいっぱいに埋め尽くし、遂には、全空間を充満してしまうのだ。

ピーター・ブルック・カンパニーが、１９９７年に愛知芸術文化センター小ホールで『幸せな日々』を公演した。舞台では小塚のようなオブジェをすっぽりとかぶったヒロインのウィニー役をナターシャ・パリー＝ブルック夫人が、エレガントに日用品を手にしながら一方的に喋り続けた。[15] ブラッドビー教授は「ベケットの劇はサンボリズムであり、詩が重要だから、イプセンのようなリアリズム劇ではないので、細々した小道具を使って詳細に演技するのは重要ではない」と主張した。また、ブラッドビー教授は自著『ベケット：ゴドーを待ちながら』（２００１）の中で、ベケットの劇はアントナン・アルトー著『演劇とその分身』の分身が引き金となってパラドックス（＝矛盾）を引き起こす詩的な状況と共通している、と指摘している。（p.209）つまり、精神が分裂したように混乱し、狂気じみた矛盾が詩的な状況を産み出すと評した。同じ狂気を、ブラッドビー教授はハロルド・ピンターの『バースデイ・パーテイ』（１９５７）にも認め、登場人物がロジカルでリアルに演ずれば、忽ち、矛盾した雰囲気は霧散し、従って詩情も消えると述べた。（p.210）『幸せの日々』の舞台に積み上がられた小塚は人生の汚泥を象徴している。ランボーの『イリュミナシオン』に歌われた「洪水の後」のように、どんなに詩的で上品な人生でも、翌日には汚泥に塗れた生活に一変し、醜く覆われると論じる、いわばショウペンハウエルのペシミズムが象徴的に表されている。堀氏は、S.E.ゴンタースキーの「上演の未来」を引用し、この小塚はナチスの殺戮を象徴的に表しているという。そして、『幸せな日々』は、パラドキシカルにベケットの厭世観を表していると論じた。(pp.35-36)

4.『わたしじゃない』

１９９４年6月ロンドン郊外の小劇場リージョナルシアターでベケット作『わたしじゃない』(１９７２)の上演があった。暗い舞台では女優の口元だけに照明があたっており、全体が黒い覆いで隠された女優のモノローグが延々と続いた。

MOUTH: ....Out ... into this world ... this world ... tiny little thing ... before its time ... in a godfor- ...what? .. girl? .. yes... tiny little girl ... into this ...out into this ... before her time ... godforsaken hole called ... called ... no matter ... parents unknown ... unheard of ...he having vanished ... thin air ... (p.376) "*Not I*"

台本に書かれた言葉以上に、女優が発する肉声が観客に強く訴えかけた。それは、女性の根源的な情念を吐露しているようで、女性自身の生命力が魂の塊となって訴えかけてくるすさまじさがあった。口の周りを覆う闇は、あたかも周りのホロコーストの陰鬱な闇を真っ暗な布で包んで圧殺してしまうようで、今にも何もかも飲み込んで、無に帰してしまう凄まじい漆黒のペシミズムを表していた。

S.E.ゴンタースキーは『わたしじゃない』の暗闇に居る「聴き手」役に注目し、テクスト・クリティークを通して、「話し手」役と「聴き手」役の関係を明確にし、『わたしじゃない』の劇を完成度の高い劇にする為のプロセスで寄与したと述べている。(p.133) また『わたしじゃない』にはテレビドラマ版があるが、テレビ画面に口元だけを大写しにしたバージョンであり、狭いテレビのモニターに「聴き手」役なしで、放映された。因みに、別役実は「聴き手」役は重要性があまりないと述べている。いっぽう、「語り手」役をクローズ・アップするテクニックは、マンレイがキキをモデルにして撮った写真、「アングルのヴァイオリン」(1924)からインスピレーションを得たといわれる。

堀氏の演劇論『ベケットの巡礼』(2007)によると、ベケットは俳句を英訳しているが、『ゴドーを待ちながら』のヴラジーミルとエストラゴンの台詞の応酬は、芭蕉と曲斉の連句を想起させるという。堀氏は連句のうち、発句が独立して残り、俳句となったと論じ、その省略の仕方がベケットと芭蕉との言葉使いに似ており、互いに短くなる傾向が顕著になり解読するうえで重要な鍵となると論じている。[16] ベケットの作品を全体として見ると、後期になるに従ってドラマの台詞が次第に短くなる。しかも、その短い詩形には滑稽さが宿っている。ベケットも芭蕉も新しい言葉を見つけるのに相当時間を費やした。堀氏は、ベケットとハロルド・ピンターとの関係について、「間」を通して詳細に論じている。ピンターは『昔の日々』(1970)で「起こらなかったことも起こったことのひとつ」とアナに語らせている。アナが舞台上で、映画のスクリーンに映った光媒体と化した画家のロバート・ニュートンに向かって話しかける場面では、メカニカルで空虚な虚無的空間が産み出す「間」を構築してみせた。[17]

ベケットはセルゲイ・エイゼンシュティンの映画に興味があり、映画のモンタージュは歌舞伎や俳句から影響を受け、その足跡を研究している。演劇と違って、映画は異空間を自在に飛び回り、モンタージュはその仕組みを斬新に示す。つまりモンタージュは現実にはありえないワンカットを別のカットでアット・ランダムに繋いでしまう。しかも、現実以上にモンタージュは映像効果を発揮する。そのモンタージュを、ベケットは、自作の演劇に取入れて、リアルな世界を混沌としてペシミスティックな異界に変えてしまい、パラドキシカルで詩的な空間に変身させた。

5．北村想の『寿歌』

『寿歌』の舞台では、核戦争の末期と思しき舞台奥から、人影もない荒野を旅芸人のゲサクとキョウコが荷車を引いて現れる。

KYOKO : Look, it flashed again. This time, over there. GEASAKU-DON. Do you think it's another missile?[18]

そこへいきなり出現するのがヤスオで、不思議な魔術を使い、食べ物を倍にする超能力を持っている。こうしてゲサクとキョウコの当てもない旅にヤスオが加わり、3人は荒野を目的もなく旅を続ける。

『寿歌』の荒廃した世界は、ベケットが『プルースト』論で論じるペシミスティックで泥濘によって荒れた第一次世界大戦下の世界と似ている。ステージは中東の戦闘地帯さながらにミサイルが飛び交い、核戦争で空気は放射能で汚染されている。しかも、皮肉なことに舞台は平和な日本国内にある劇場内で上演されている。ベケットが述べているように、今日の平和な出来事も、明日になれば、核戦争で一瞬のうちに塵芥に瓦解するというペシニスティックな世界観がある。そのような状況でさえも、ゲサクとキョウコは、地を這いつくばる虫けらのように角をつつき合い交尾さえする。ショウペンハウエルが『意思と表象としての世界』（1927）の中で論じているように「生きんとする盲目的な意欲の世界から表象の世界に入り込む」[19]のである。その虚無感は、『ゴドーを待ちながら』にも、そして、北村さんの『寿歌』にも当てはまる。『ゴドーを待ちながら』には神らしき存在は登場しないが、『寿歌』にはキリストの名前に似た精霊のようなヤスオが登場する。しかも、ゲサクとキョウコは太古に滅びたモヘンジョダロを目指すのであり、『聖書』にある約束の地、カナンへ向かうのではない。

北村さんが描く作品には、『寿歌』以外の芝居でも、多くの登場人物が、心の病で苦しんでいる。この心の病が、舞台にもう一つの異空間を作りだし、一種のメタシアター風な外観を帯びている。北村さんが書いた『私の青空』（1984）の異空間は明るいが何処かしら心のネジが狂っている。また『PICK POCKET』（1989）の作家先生は、テキヤの連中と付き合い、破滅的な人生を送りながら、コミカルでしかも明るさを失わない。心に病を抱えている登場人物は、『寿歌』の核戦争でミサイルが飛び交う前線でさえ、蜻蛉のようにふわふわと漂い続けている。それでありながら、まるで苦役のようにゲサクとキョウコは、大八車を引っ張って旅を続けている。この大八車は、ベルトルト・ブレヒトの『肝っ玉母さん』（1939）で母が引く荷車のように、人生という苦役を象徴している。果たして、ゲサクとキョウコは、何時になったら出口を見出すことが出来るのか。

北村さんのように、心の病を抱えている作家に、同じような心の病を抱えたプルーストがいた。『失われた時を求めて』では、主人公のマルセルが憂鬱なパリの孤独が耐えられず、サナトリウムで自殺を図ろうとする。だが、或る日、菩提樹のお茶の葉に浸したマドレーヌが舌に触れたとたん、「心の間歇」を感じて心がビリビリと震える。いっぽう、反対に、ベケットの『ゴドーを待ちながら』では、ウラディミールとエストラゴンは自殺を試みるが失敗し、芝居はペシミスティックな状況下で未解決のまま終わる。『ゴドーを待ちながら』と同様に、『寿歌』の結末も果たしてこれから先どうなるのか。劇はトラジコメディのまま、オープンエンディングで終わる。おそらく、『寿歌』の場合、北村さんは心の病に犯されて、プルーストの言う「心の間歇」を見いだすことはできない。言い換えれば、永年投与し続けた薬の副作用によって、思考が中断してしまい、心の闇の奥を深く見つめられない思考停止の状態を表している。

近年、北村さんは『処女水』（2001）の劇中に、ちょうど、澁澤龍彦が『妖精たちの森』（1980）で45億年前から魚石の中に閉じ込められ還流しない「処女水」が不思議な感覚を引き起すのと同じ様な、水槽の水を描いている。[20] つまり、還流せず魚石の内部に留まっている「処女水」が、それにもかかわらず、その内部で分子分裂を引き起そうとしている予感がある。プルーストは「心の間歇」の中で、死んでいるものにも生命が宿るというケルトの伝説を引用している。他方、ベケットはアイリッシュなので、死んでいるものの中に存在する「心の間歇」を自明の理として知っていた。片や、北村さんは『処女水』のなかで幽かにではあるが死んだ女性の躰の中にさえも命を育む元素が宿っている筈だと予感するのだが、未解決のまま劇は終わる。

6.『偶然の旅行者』

北村さんが、自作『グッバイ』の書き下ろしで、2013年度、第十七回鶴屋南北戯曲賞を受賞して3年後の12月、『偶然の旅行者』を発表して上演した。北村さんから、稽古中、同作品の成立について様々な構想を聞いた。なかでも、「作・北村想&演出・鹿目由紀、初顔合わせによる女性二人芝居『偶然の旅行者—The Accidental Tourist—』名古屋で上演」では以下のように着想を纏めている。

〝旅〟をテーマに書かれた舞台は、銀河鉄道の宇宙にあるような風情の廃駅の待合室である。なぜかそこで暮らしている女と、廃線になった汽車でそこを訪れた女とが、謎の女ふたりの会話を交わす劇として展開する。北村想は「夜にJ-POPを聴いていて思いついたんですが、歌詞をモチーフにしてセリフをつないでいくと面白いなと。書いてから気づいたのが、そういえばこういうことって寺山修司さんがやりそうなことだなと」と述べた[21]。

駅で待っている女〝おと〟と、駅に着いたばかりの女〝晦〟との関係は、芝居が始まると忽ち役割を交換して、駅舎にいる女〝おと〟は旅に出ようとしているのであり、いっぽう、〝晦〟の方は駅に着いた途端に、待つことになる女である。

Oto finishes the preparations for trip and, is standing.
Tsugomori : Will you go?
Oto : I wish to see the blue sky, soon.
Tsugomori : You won't come back, will you?
Oto : Therefore, Tsugomori, you will have to be taking care of a house until someone will be returning.
Tsugomori : Will someone come, won't he?
Oto : Someone will come. By accidental, suddenly, he will come, as you.
Tsugomori : Will I have to wait for him?
Oto : Waiting for someone is a trip, too.[22]

ベケットは『ゴドーを待ちながら』の中で、ゴドーの到着をウラディミールとエストラゴンが待っていると描いている。ところが、逆さまに、いとうせいこう作、ケラーノ・サンドロビッチ演出の『ゴドーは待たれながら』では、ベケットのゴドーを待つウラディミールやエストラゴンの役割がひっくりかえり、ゴドーを演じる大倉孝二が「誰かが俺を待っている」と、ひたすらその独り言を延々と2時間繰り返す。つまり、ゴドー自身が舞台に現れ、待たれる男に作り変えられたのである。この場合、ゴドーはウラディミールとエストラゴンが見る反射する鏡像のような存在となっている。

北村さんは『偶然の旅行者』で、ゴドーを待つウラディミールやエストラゴンに相当するような女の〝晦〟と、また、ゴドーが待たれる女としての〝おと〟とが、鏡の反射のように、互いに鏡の前で立ち向かう二人のような女性として描いた。つまり、鏡に映った女の虚像は、待つ女であると同時に待たれる女にもなる。シェイクスピアの『十二夜』（1601－1602）のラストシーンで、大自然という鏡を前に、セザーリオ（＝ヴァイオラ）とセバスチャンの双子の姉弟が向かい合う。ルイス・キャロルの『鏡の中のアリス』（1871）では、鏡に映った反対文字がある。現代では、ハロルド・ピンターの『ダムウェーター』（1957）で、殺し屋が、鏡に写る虚像に向かって、むなしい戦いを展開する。安部公房の『幽霊はここにいる』（1959）では二人の深川啓介が虚空を境にして互いに会話を続ける。

ベケットの作品では、ウラディミールとエストラゴンがひたすらゴドーを待つ。いっぽう、北村さんは、『寿歌』から『寿歌西へ』4部作を描き、その中でゲサクとキョウコは、ただひたすらに、西へ西へと進んで行く。だが、いっこうに西へ進んではいかない。その結果、北村さんは、ゲサクとキョウコは、何かを待ち続けるのではなく、これは、合わせ鏡の深淵が見せる反射鏡のように、底無し沼に落ちてしまい、ひたすら、ゲサクとキョウコは待ち、待たれる関係になることになることに気がつく。そしてついに、合わせ鏡の底なしの深淵に落ちてしまい、ボタムレスの奥底で想いを馳せる人物たちを描いて見せる芝居を作る事を思いついたのである。

『偶然の旅行者』の旅人〝晦〟と待ち人〝おと〟は、広い宇宙を旅するのであるが、『スターウォーズ』（1971）のように戦士が宇宙を旅するようにしてワープし、一瞬のうちに宇宙の彼方のステーションに到着する。そこには旅人の〝晦〟と待ち人の〝おと〟がいる。この二人はいわば鏡に映った虚像である。

この虚像は、ちょうどプルーストが、「アンリ・ベルクソンの時間の概念を心理描写に応用して、生身の女性さえロボットのような無機質な対象（＝光ファイバーを使って映すスクリーン）に変えてしまった、いわば血の通わない機械人間と似ているスクリーンに虚像を描いたのである。」そしてジル・ドゥルーズは『アンチ・オイディプス』（1972）の中で、プルーストが描く登場人物を機械ロボットとして、スクリーン（＝分身のこと）として推定している。ピンターはプルーストの『失われた時を求めて』の映画スクリプトを書いた体験があり、これを応用して、映画台本『失われた時を求めて』を書いたのであり、その影響を自身のドラマ『昔の日々』の中で、生身のアナが映像のロバート・ニュートンに話しける場面に使っているのである。

片や、北村さんは小説やドラマの中で、物理学を応用して底なしの深淵な宇宙空間を計測している。おそらく、北村さんはその底のない鏡の深淵を、カール・グスタフ・ユングやジークムント・フロイトやジャック・ラカンの夢分析に置き換えようとはしない。というのは、先ず、夢は眠らなければ見ることはできないからである。ところが、北村さんは心の病で永年不眠症を患い、マクベスのように「もはや眠りがない[23]」と苦しんだ挙句、遂に芝居の中に、眠れない夜の夢さえも舞台の上で計測してしまうのである。

北村さんは、ベケット作『ゴドーを待ちながら』のように、ただひたすらに、ゴドーを待っているゲサクとキョウコを『寿歌』４部作に書き、西へ西へと移動し続けた。けれども、その後で、北村さんはベケットとは異なった演劇空間を造り出した。つまり、北村さんは合わせ鏡のようにして、無限の底なしの空間を造り、狭い舞台を無限の宇宙空間に広げた。そのからくりは、ピンターが『ダムウェイター』に出てくる殺し屋が鏡に写った虚像を相手に虚しく戦うように、今度は、北村さんが、その虚像を、小さな一断面に切り取って、広大な宇宙空間の一部として表し、それを舞台にはめ込んで表したのである。その結果、『偶然の旅行者』では、舞台に置かれた椅子ひとつでさえ、ひとつの銀河系宇宙空間に表して見せることが可能になり、このようにして、巨大な宇宙空間に浮かぶ小さな廃駅を、舞台上に構築してみせたのである。

ベケットの劇は具に見ると後期になるに従い、ますます短くなるが、反対に、北村さんは、劇を無限に広がった宇宙空間に広げ、そこから一断片を切り取って舞台に飾ってみせた。こうして、北村さんの劇には、無限の空間を切り取った断片を使い、舞台を飾る芝居が登場した。また、近年の『処女水』では、今度は、無限宇宙からその極小空間の断面を切り取って、舞台の水槽に浮べ、死体が、まるで宇宙という海に漂う無生物のように、劇の中に姿を表し始めるのである。

微かに、ときおり水の音が聞こえる[24]　（『処女水』）

北村さんは『処女水』の中で、まるで無機質な液体の中に漂う死んだ女性の躰に化学反応が現れるのをじっと観察しているかのようである。いっぽう、プルーストの間歇泉は、静かな池の水面に、突然吹き出して、生命の泉を噴き上げる。この間歇泉は、「失われた」無機質な水面に、突如、一挙に生命を噴き上げる。

澁澤龍彦は『妖精たちの森』で、ロジェ・カイヨワの『石』[25]を引用しながら、「魚石」に閉じ込められた「処女水」(46頁)が、45億年前から、魚石の中から外に飛び出す瞬間を今か今かと待ち続けているという。北村さんは『処女水』で、死んで物に過ぎなくなった女性の躰からさえも、言い換えれば、その躰は元々生命を産出する臓器を持っているのだから、地球にしかない水が、やがて生命を産出するのであり、「死んだ無機質の物体」から生命が誕生するというケルトの伝説が、北村さんの『処女水』と微かであるが繋がり、そこから現れでようとしていると考えられる。

7. 結語

ベケットの『ゴドーを待ちながら』のように、北村さんの『寿歌』は、舵を失った難破船の様に行く当てもなく彷徨い続けている。ジョン・バニヤンの『天路歴程』(1678)と比べると、『ゴドーを待ちながら』にも『寿歌』にも屈強で不屈な信仰心は微塵もなく心が病んでいる。ミサイルや原子爆弾のなかった時代には、ジュリアス・シーザーの『ガリア戦記』(BC58-BC52)に綴られたルビコン川や、オルレアンの乙女の信仰の力も有効に働いた。しかし、未曾有の大戦後では、方舟は羅針盤を失い、虚無感に打ち砕かれ、もはや約束の地もなく、破滅へと向かって漂っていく以外に仕方がないようにみえる。

ベケットが『わたしじゃない』の中では、女性の原始的で根源的な生の力に立ち向かっていったのに比べると、北村さんはドラマ『処女水』の中で、水槽に浮ぶ若い女の死体を描き、自然科学者のような眼差しで、デカダンに満ちた頽廃を、何時までも忍耐強く観察し続けている。

ベケットは、『プルースト』論で「心の間歇」を度外視してしまい、専らプルーストの虚無感だけを浮き彫りにして、頽廃した第一次世界大戦下の欧州を描いた。一方、プルーストは『コンブレイ』の中で、死んだ菩提樹のお茶の葉にも、生命が眠ったまま生きていることを発見し、自殺をあきらめる。そして、アイルランドの伝承で、死んだ物のなかにも生命が眠っている説話を手掛かりにして、『失われた時を求めて』を描き始めるのである。

北村さんは、吉本隆明の『マチゥ書試論』（1969）を読み感銘を受け、イエス・キリストに関心を深める。その一方で、アインシュタインの素粒子論を探求し、宇宙に関心を懐き続けた。

そうした背景の下で、北村さんはベケットの『ゴドーを待ちながら』に関心を懐きつつも、ベケットの『プルースト』論や『ジョイス』論には関心を持たなかった。何故なら、ベケットはプルーストやジョイスに関心があったが、一方、北村さんの方は、ベケットの『ゴドーを待ちながら』に関心があったけれども、プルーストやジョイスにはあまり関心を持たなかったからだ。そこに、ベケットが描いた『ゴドーを待ちながら』と、北村さんが『ゴドーを待ちながら』に対して懐いた解釈の違いがあった。そうした状況の下で、先ず、北村さんは『寿歌』を描いた。それにもかかわらず、近年になって、北村さんは『偶然の旅行者』を描き、その中で、二人の女性、〝晦〟と〝おと〟が、お互いに鏡に映る虚像のように向かい合い、死んだ浄瑠璃の人形にも生命が宿るように、パラドキシカルではあるが、「心の間歇」に触れようとして接近し始める。[26]

ベケットは『プルースト』論で「心の間歇」を自明の理として省いてしまい、『失われた時を求めて』を支配するショウペンハウエルのペシミスティックな世界を専らパラドキシカルに描いた。たほう、北村さんは『寿歌』で虚無なる荒地を描き、次いで『北村想の宇宙　空想と科学』（1987）や『不思議想時記』（1983）で固有のアイディアを紡ぎ出し、こうして『処女水』や『偶然の旅行者』の中に描かれた闇に光明を見出そうと劇作し続けた。北村さんは『寿歌』以来、『処女水』を通じて、新しい命が水槽から噴き出すのをひたすら待ち続けている。ベケットは『ゴドーを待ちながら』で、未来に向かってペシミスティックなままでいる。だがベケットも北村さんも、パラドキシカルな意味で、時代閉塞の闇の中を突き進み、永くて暗いトンネルの中を歩み続けていることに変わりはない。ただし、ベケットは、ジョイスの弟子であり、ダダイズムの詩を知っており、マルセル・デユシャンとチェスをしたシュルレアリスムの詩人であったので、アントナン・アルトーが『演劇とその分身』に描いた狂熱的で矛盾した、焦点の合わない分身（＝ドゥーヴル）が生みだす詩的な世界にも関心があった。

ベケットは、『ゴドーを待ちながら』で、ウラディミールとエストラゴンの二人をポッツォとラッキーの分身として描いている。しかも、第二幕は第一幕の反復である。また、『幸せな日々』でも、第一幕と第二幕は、互いに、合わせ鏡のように、互いに同じ場面を反復している。ウィリーとウィニーもまた、第一幕と第二幕で同じ状況に居て、同じ話題を持ち出し、反復し合っている。

いっぽう、北村さんは『偶然の旅行者』で旅人〝晦〟と待ち人〝おと〟とが出会い、彼女らが鏡を覗き込むように反射し合い、話す話題も反復しているように描いた。

ベケットは、ランボーが『イリュミナシオン』に描いた洪水の後のように、大戦中の荒廃した流刑地ホロコーストを知っていた。

北村さんにはホロコーストの体験はないが、心が病んで監獄のような地獄は、『寿歌』の舞台が示す北村さんの心象風景であり、内なるホロコーストである。この心に巣食う内なるホロコーストは、ベケットが体験した現実のホロコーストと隣り合っている。いわば、北村さんの内なるホロコーストもベケットの現実のホロコーストも、背中合わせで、一枚の鏡を境にして互いに反射し合い、地獄の季節の詩人であることを証言している。

注

（1）*The Collected Works of Samuel Beckett*（Grove Press Inc., 1957）p.25

（2）Kazuo Ishiguro, *The Nobel Lecture, 7 December, 2017 My Twentieth Century Evening –and Other Small Breakthroughs* (faber & faber, 2015) p.15-16.

（3） S. E. Gontarski, *The Intent of Undoing in Samuel Beckett's Dramatic Texts*（Indiana U P 1985）, pp.35-36. 以後、同書からの引用は頁数のみ記す。

（4） Levi-Strauss, Claude, *La Potiere jalouse*（nrf Gallimard, 2008）, p.226. "… chez Sophocle, le serviteurbqui détient la clé de l'énigme et dont, tout au long de la pièce, on connait l'existence mais qu'on ne se décide qu'in extremis àconvoquer."

（5） Proust, Marcel, *A La Recherche Du Temps Perdu,* I（nrf Gallimard, 1954）p.45. "Mais à l'instant même où la gorge mêlée des miettes du gâteau toucha mon palais, je tressaillis, attentife à ce qui se passait d'extraordinaire en moi."

（6） Proust, Marcel, *A La Recherche Du Temps Perdu, XIV Le Temps Retrouve* ★（nrf Gallimard, 1927）, p.195.

（7） 堀真理子「改訂を重ねる『ゴドーを待ちながら』〔演出家としてのベケット〕」（藤原書店、２０１７）２０４頁。以後、同書からの引用は頁数のみ記す。

（8） Rimbaud, Arthur, *Les_Illuminations*（La Vogue, 1886.5-1886.6）,（Oeuvres completes, Gallimard, 1972）p.121.

Après le déluge
Aussitôt après que l'idée du Déluge se fut rassise,
Un lièvre s'arrêta dans les sainfoins et les clochettes mouvantes,
et dit sa prière à l'arc-en-ciel, à travers la toile de l'araignée.
Oh! les pierres précieuses qui se cachaient,
les fleurs qui regardaient déjà.

（9） Beckett, Samuel, *Waiting for Godot*（Faber and Faber, 1979）, p.32. 以後、同書からの引用は頁数のみ記す。

（10） 清水義和『行動する多面体馬場駿吉の輪郭をたどって』（文化書房博文社、２０１７）、１０２－１０４頁。

（11） Esslin Martin, *The Theatre of the absurd,*（Penguin Books, 1970）, p.47.

（12） *Samuel Beckett The Complete Dramatic Works*（Faber and Faber, 1990）, p11. 以後、同書からの引用は頁数のみ記す。

（13） David Bradby, Beckett : *Waiting for Godott*（Cambridge U. P., 2001）, pp.209, 210-211.

（14） Pinter, Harold, *Complete Works : Four*（Grove Press, 1981）, pp.27-28. "ANNA There are some things one remembers even though they may never have happened. There are things I remember which may never have happened but as I recall them so they take place"

（15） Brook, Peter, *Threads of Time A Memoir*（Methuen Drama, 1998）, p.220.

（16）堀真理子『ベケットの巡礼』（三省堂、２００７）、１０６頁。

（17）Kitamura, So, *Ode to Joy* Translated by Riho Mitachi（Jiritsu-Shobo, 1989）, p.1.

（18）Schopenhauer, Arthur, *Die Welt Als Wille Und Vorstellung*, Erster Band（Hans Heinrich Tillgner-Verlag, 1924）p.204.

（19）澁澤龍彦『妖精たちの森』（講談社、１９８０）、４６頁。

（20）「作・北村想&演出・鹿目由紀、初顔合わせによる女性二人芝居『偶然の旅行者―The Accidental Tourist―』名古屋で上演」この劇を執筆中に、〝旅〟をテーマにした理由について、北村は、「家の中に閉じこもっていると屈託してしまうから外に出たいっていうことで、旅モノを書いたんですよ。思いついたら早いので、1週間で書いて渡しましたね。（いつもより執筆に）時間が掛かったのは、どの歌を使おうかと探していたから。もちろんそのまま使ってるわけじゃなくて、テキトーに変えたり混ぜたりしてますし、ほんのひと言だけ引用しているものもあります。「落語はイリュージョンだ」って、立川談志の家元が言ったけど、やっぱり演劇もイリュージョンですから、あり得ない話をさもありそうな風に私の場合は書く、すると役者はそれを演じるわけです。シチュエーションは何がいいかなっていうことで、旅だから列車にするか駅にするかだけど、単純に駅じゃ面白くないから廃駅にしようと。廃駅なのに吹雪の中を汽車が走っている」と語っている。
（https://spice.eplus.jp/articles/93637 2017.9.7）

（21）Kitamura, So, *The Accidental Tourist* Translated by Yoshikazu Shimizu（Script, 2015.10.10）, pp.18-19.

（23）*The Complete Works of William Shakespeare*,（Spring Books, 1972）, p.928. "Macbeth shall sleep no more!"

（24）北村想『処女水』（プロジェクト・ナビ発行、２００１）、1頁。

（25）Caillois, Roger, *Pierres*,（Poesie/Gallimard, 1970）, p.62.

（26）荒川修作、小林康夫、『幽霊の真理《対話集》』（水声社、２０１５）、２３８頁。荒川修作はアンリ・ベルグソンの「純粋持続」について関心を懐いた。「持続」が身体とかかわるからだという。
「荒川　ベルクソンなんかがうまく言っているように、〈持続〉それ自身が場を作ったり、けしたりしていくわけですからね。それからみると、死という問題は、〈私〉がある場所から遠のくとか、消えるとか……それを見届けるためのいちばん良い道具が、この身体なんです。」

第5章　寺山修司のドラマメソッドに見る鹿目由紀の『愛と嘘っぱち』

鹿目由紀さんと北村想さんと二人を並べてみると双方とも劇作家であり、演出家でもあるが、これまで幅広い分野にわたって双方とも精力的に活躍を続けている。この度、北村さんと鹿目さんの対談があり、北村さんを演劇の先達として敬う配慮には、後輩として当然のことのように思われたが、謙虚で控えめな姿勢には一抹の不安を感じた。鹿目さんは、自分の殻を脱皮しようとして、同じ東北出身の寺山作品を演出し、同じ東北の地を掘り起こそうとする意欲には新鮮なチャレンジを感じてきた。

なかでも、寺山修司の初期の作品を数年かけ連続して上演した実績には注目に値するものがある。というのは、まず、作家の初期にあたる作品には劇作家の種子のようなものがあり、そこから芽を吹いて枝葉を伸ばし、後期の作品に形を変えながら姿を現し同じテーマが変奏曲のように繰り返し現れ、その兆候は『身毒丸』、『草迷宮』、『邪宗門』にも見られるからである。鹿目さんが寺山の初期作品上演に拘り続けたのはその点で正しかった。

なかでも、名古屋伏見にあるＧｐｉｔ劇場で公演した『ある男、ある夏』（２０１５年公演）『白夜』（２０１５年公演）『青森県のせむし男』（２０２０年、２０２３年公演）は目に見張るものがあり、その際、新解釈を駆使し演出した解釈は斬新であった。

殊に『青森県のせむし男』は、息子の松吉と母のマツとの出会いが、劇では戸籍簿係が戸籍簿を盗んで行方不明だという茶番にしてあるが、実際には、青森空襲で戸籍簿が焼失したのであり、しかも時間的に30年も前に赤子を殺して川に捨てたのだから、今となってはお互いの出会いがある筈はなかった。おまけにマツは男優が女性を演じるのであり、そのリアリズムの矛盾を鹿目さんはあえて避けることもなく、むしろマツの母親像を一層際立たせ、女性には表わせない男の仕草を女性の虚像を借りて浮き彫りにしたのである。いわば、自然科学に反する矛盾を前にして、鹿目さんは立ち往生することなく、真っ向から立ち向かい、寺山の矛盾を赤裸々に暴き出して見せたのである。

こうして、鹿目さんが行った、芝居の作り方は、あくまでも稽古を積み重ねながら一歩一歩突き進むことによって、立ちはだかる矛盾を浮彫にして展開していった。稽古の基本は、先ず本読みから始まり、次いで、立ち稽古へと稽古を積み重ねていく中で、その場その場で劇の進行を突き進めていくのであり、その結果、不合理な世界を変更したり、除去したりする事もなく、むしろ益々露わにして、矛盾に蓋をすることが不可能になってしまった。

『青森県のせむし男』の典拠は『賽の河原』の他にも出典がある。それは『石堂丸』（寛永8年1631年）であるが、原典では、子供の石堂丸は母の死に間に合わず出会いが叶わなかった。

石堂丸の分身

寺山は他にも石堂丸と母の出会いを巡って状況がよく似た作品を幾度も様々な状況設定に変えて描いた。典型的な作品は『身毒丸』で、しんとくの母は死んでいるが、亡き母の歌声が聞こえてくる。また寺山脚色の『草迷宮』では、母は居るのに、今は亡き母親の蹴鞠歌が聞こえてくる。

ここで、一番大きな矛盾を、もう一度繰り返すと、『青森県のせむし男』にはマツが30年前赤ん坊の松吉を殺し水葬にしたのだから、松吉と母のマツの出会いがある筈はなかったのである。にも拘らず、二人は出会ったのである。

他にも似た例がある、寺山が脚色した映画『草迷宮』では、明が兄と弟の双子兄弟のように二人に分裂して現れて、同じ場面に弟の明が現れ、兄の明が母を強姦する濡れ場を目撃してしまう、弟は自責にかられ自殺に追いやられる。この劇展開は、『青森県のせむし男』にも見られる。客観的にはマツにとって、松吉は他人であるが、マツが生みの母を装い、他人の松吉を息子に仕立て、疑似的に母子相姦を犯したのである。しかも母が子に殺意を懐く状況を無意識的に告白しているのである。

この明が兄と弟に分裂して登場する同じシチュエーションが、他の例にもある。その作品はルイス・ブニュエル監督の映画『アンダルシアの犬』（１９２９）である。そこでは、同じ人物が二人登場し一人の女性を巡って決闘して相手を殺してしまう。

アントナン・アルトーはエッセイ『演劇と分身』（１９３１）を『アンダルシアの犬』と同じ頃に発表している。ダブルのアイデイアをブニュエルとアルトーのどちらが先に思いついたのか定かではないがアイデアを論述化したのはアルトーの方であった。寺山は分身のアイデアをアルトーの『演劇と分身』から理論的な影響を受けて、『草迷宮』を映画化し、また、映像ではブニュエルの映画『アンダルシアの犬』に感化された。

鹿目由紀作の『愛と嘘っぱち』

鹿目作『愛と嘘っぱち』の上演が２０１０年愛知県長久手市の文化の家で公演があり、演出の流山児祥氏から筆者に英訳の依頼があった。英訳して気が付いたことは、スガの女性としての肉体と精神の関係をどう理解し解釈するかが心の中で蟠りがあってどうしても解けなかった。鹿目さんには他に『オンナの平和』（２０１０）『だるい女』（２０１５）等、女性特有の視線で描いた作品が多い。恐らく、鹿目作品を英訳する機会が今後もあるとすれば、スガという女性が理解できず翻訳にてこずったのと同じように、ずっとその時と同様な問題に直面すると思った。

鹿目さんの描いたスガの場合、スガの分身は7人に分裂して登場する。一方、寺山の映画『田園に死す』（１９７４）では、映画監督の私と20年前の少年の私が登場する。また、最終場面近くでは、少年の分身が何人も登場する。しかし、少年らは何も語らない。また、寺山の分身の影響を受けた天野天街は映画『トワイライツ』（１９９４）で遠山トウヤ少年を分裂させて何人も登場させた。だが、これもまた、何も喋らない。

また、近年、天野天街は松本雄吉と共同脚本の『レミング』を2013年にパルコ劇場で上演し、天野の担当の部分で影山影子を肉声で7人と、それに録音で7人とに分裂させて台詞をまるでエコーのように反復させた。影子の肉声が七人と録音の声が7人とに台詞を繰り返し、てんでかってに発話する。と、同時に、時代を超え、場所を超え、精神病院を超え、広大な中国大陸を縦横無尽に行き交い、更に、日本語と中国語の台詞が入り乱れ、無秩序な、迷宮の混沌とした彼方へと誘い込んでいく。天野の作風はどちらかと言うと、台詞劇よりも、アニメーションや、舞踏音楽が中心で、劇の進行を構築していく。天野は統合失調症患者の心の世界を自在に駆使して舞台を構成している。

鹿目作『愛と嘘っぱち』初演から10数年経ち、また、それを機会にドラマを再考する機会に恵まれた。その結果、七人のスガはアントナン・アルトーの『演劇と分身』とよく似た分身が描かれている事に漸く気が付いたのである。また、その間には、鹿目さんが英国に留学して、シェイクスピアを学んだ経験があることが芝居作りに活かされることになった。殊に近年鹿目演出を見ているとシェイクスピアのドラマ・メソードと似ていることに思い当たった。つまり、七人のスガの台詞は同じ人間が話すのだから、ダイアローグではなく、モノローグではないかと気が付いたのである。殊に、ハムレットのモノローグは7人のスガが多面体の一塊になって話しているのではないかという発想に気が付いた。

鹿目さんが2010年にミュージカル化した『愛と嘘っぱち』は、時代背景として1910年の大逆事件があり、専ら女囚の菅野スガを統合失調症患者として描いた。

劇中、スガは死刑執行前に死の恐怖に呪縛されて七人の自我に分裂してしまい、統合失語症患者の症状を露わにして登場する。

他の劇作家にも、統合失調症患者を描いた劇があり、例として泉鏡花原作・寺山修司脚色の『草迷宮』（1979）では、明が兄と弟に分裂して登場する。この分裂はルイス・ブニュエルの『アンダルシアの犬』に登場する人物が、同じ人物の相手に向かってピストルで銃殺する場面と同工異曲である。つまり寺山は分身のアイデアをアントナン・アルトーの『演劇と分身』から影響を受けていたことが分かってくる。

鹿目さんの描いたスガの場合、スガの分身は七人に分裂して登場する。1974年制作の寺山の映画『田園に死す』では、最終場面近くで、少年の分身が何人も登場する。しかし、少年らは何も語らない。他にも、寺山の分身の影響を受けた天野天街は映画『トワイライツ』では遠山トウヤ少年を分裂させて何人も登場させた。

また、2013年、東京渋谷パルコ劇場で、天野天街は『レミングー世界の涯まで連れてって』を松本雄吉と共同脚色して、天野の担当部分で、影山影子の台詞を肉声で7人に、また、録音で7人に分裂させて、台詞をまるでエコーのように反復させた。影子の肉声は7人と録音が7人とに台詞を繰り返し、てんでかってに発話する。すると時代を超え、場所を超え、精神病院を超え、広大な中国大陸を縦横無尽に行き交い、更に、日本語と中国語の台詞が入り乱れ、時間や場所を超え、無秩序な、迷宮の彼方へと誘い込んでいく。天野はどちらかと言えば、台詞よりも、アニメーションや、舞踏や、音楽で、劇を構築していく。天野は統合失調症患者の心の世界を自在に駆使して舞台化している。

鹿目作『愛と嘘っぱち』の形態はミュージカル仕立てに構成されていて、一種の統合失調症患者のスガを7人に分裂させて舞台に登場させ、物語を展開させている。殊に、劇の冒頭で七人に分裂したスガの内的独白は、台詞（ダイアローグ）ではなくて、むしろ独白（モノローグ）に近い。つまり、七人のスガは観客に向かって話しているのではなくて、七人に分裂したスガの心の中心に向かい、言い換えれば、七人の統合失調症患者のそれぞれの心に向かって、あたかも外科医が手術でメスを使って心臓を掴みだすかのように、己の心の世界に向かって独白し、七人のモノローグを自在に駆使し舞台化して、構成している。

ダイアローグとモノローグの違いは、例えば、シェイクスピアの『ハムレット』（1601）がハムレット自身の心に向かって、独白するときと、第三者の、例えば、ホレイショー達と会話するときのダイアローグとの違いに見ることができる。

to be, or not to be : that is the question.（Act 3 Scene1）

生きるか死ぬかそれが問題だ（第三幕第一場）

ところが鹿目さんの7人のスガの独白は、それぞれが統合失調症患者の独り言に匹敵する。この統合失調患者の独白は、先ず、英語に翻訳してみると、忽ち迷宮の世界に入り込んでしまう。

更に、厄介なのは、スガを取材する女性記者が登場するが、妊娠しており、彼女らの会話は、女性にしか分からない世界に突入してしまう。先ず、スガの内的独白を理解するためには、女性になりきらなくてはならない。しかもその女性は統合失調症患者である。

つまり、その時のように、鹿目作『愛と嘘っぱち』を英訳していた時に、一種の精神的錯乱状態に陥ってしまった。まさに、1行を訳す時に、言葉がぐるぐると堂々巡りして、錯乱を起こしてしまい、言葉の繋がりの手掛かりを得るのに、一週間近くもかかってしまった。しかも、あくまでも推測したうえでの英訳である。だから、英訳をした後でも、あくまでも推測の域を出ない荒訳に過ぎなかった。英訳している時に、先ず、シェイクスピアの肖像画とエリザベス女王の肖像画を並べて、シェイクスピアは女性であったという仮説が頭に浮かんできた。そして、その仮説が、まことしやかに脳裏を横切った。要するに、女性ではない当の男性である筆者が、荒訳を甘受したうえで、『愛と嘘っぱち』の英訳を進めざるを得なかったのである。

１９９４年にイギリス・ロンドンの劇場で、執筆当時、心に病を抱え込んでいたヴァージニア・ウルフ原作『灯台へ』（１９２４）を観劇した。その時、統合失調症患者を演じる幾人もの役者達のモノローグを聞いているうちに、心が錯乱してしまった。ヴァージニア・ウルフ作『灯台へ』の一節にある体験話法と内的独白を引き、現代のリアリズムの特徴として、多人数の意識の描写をし、外的な時間と内的な時間の対照的な長さや、語り手の意識の描写や、外的な時間と内的な時間の対照的な長さや、そして語り手の視点の移動を列挙する。

そしてウルフの小説に内在する意識と時間の重層性との関連性のモデルに影響されて、全く新たな叙述をする感覚でそれらを継承し展開した作品があり、例として、プルーストの『失われた時を求めて』（1913年から1927年）とジェームス・ジョイスの意識の流れで殊に結末を句読点無しで現した『ユリシーズ』（1918年から1920年）を、エーリヒ・アウエルバッハが『ミメーシス』（1946）で論じている。また、この種の作品は、些細な出来事を、筋の進行の為であることよりも、それ自体の為に重んじるという過程で生の深さが現れる文体として論じている。

さて、鹿目さんは、寺山修司の初期作品『青森県のせむし男』、『白夜』、『ある男ある夏』、を上演したが、その前に、『愛と嘘っぱち』を上演したのである。

劇中、スガを7人に分裂させて統合失調症患者を舞台化した。寺山はアルトーの『演劇と分身』の分身から影響を受けて処女作からその影響に沿って、劇を書いている。最近、鹿目さんは『會津わが町流流譚』を上演したけれども、『ユリシーズ』のダブリンや、プルーストのコンブレの世界を活写しているようには思われない。

鹿目さんは、故郷福島を出て名古屋で活躍しているのであり、北村想さんは贋学生として名古屋に住んだ異邦人である。

他方、ヴァージニア・ウルフは『灯台へ』で17人の人物のそれぞれの意識の流れに従って書いている。この意識の流れはジョイスの『ユリシーズ』やプルーストの『失われた時を求めて』にも影響を与えていると、エーリヒ・アウエルバッハは『ミメーシス』で論じている。

鹿目さんは、故郷福島を出て名古屋に移住し、活躍しているが、他方、北村さんは、贋学生として名古屋に住みついた異邦人でもある。しかし、北村さんの『寿歌』では登場人物たちの意識の流れはほとんど見られない。鹿目さんの演劇もしかりである。
それにも拘らず、トルストイのアンナ・カレリーナも、フロベールのボバリー夫人も、プルーストのアルベルチーヌ・シモネも、鹿目さんが『愛と嘘っぱち』で描いたスガの足元にも及ばないと思った。そもそも、女性作家の鹿目さんに成りきって、英訳することは殆んど不可能だと考えたのである。

ある女　毎日同じ夢の中、女はぶれにぶれまくり、十人十色になっている。十人十色というよりは一人十色というべきか、女はぶれにぶれまくり、私に助けを求めてくる。そんな折、風より星よりひそやかに、事件の尻尾が現れた。誰も知らない密室で、あっさり終わったこの裁判。誰が行くかとあれが行くかと、たらいがたらい回しされて、妊婦のお腹に引っかかり、たらいがぴたりと止まったのです。

A woman.　I can understand that everyone thinks the reason why I must come to such a place with such a big stomach is an outstanding reason, but the reason why I have to come to such a place in such a stomach is neither vertical reason, nor horizontal reason, also no one finds the reason in the grass-roots, but I can say the nearest reason is almost a precocious slanting reason, although I am troubled if someone asks me why is.
I did a diagonal reason, but my dream that I can watch is over every day in the same place from the witty part, but it may be said that this is because there is a sad reason.

このある女とは、まるで女権論者の神近市子をモデルにしたかのような婦人記者である。かつまた、同時に妊婦で、しかも、いわば狂言回しの役割を持つ人物であり、劇の終わりでは、つわりがひどくなって、赤子を出産する。

スガ1　なんとしてもこれを大事件にしなければならない、あの方たちからそのような強い使命感が見受けられました。覚悟はできております。

スガ2　覚悟なんかできてないよ。あたしは。

スガ1　私にはできております。

スガ2　あんたに覚悟が出来ているのは、あんたの勝手だろう。

スガ4　あたし嫌だよ。死にたくない！

スガ3　私はいいんですけど、ただどうして24人も殺さなきゃいけないのか。

ある女　2人を除いて、全ての人間に死刑判決が出るとは、思ってもみませんでした。

スガ3　私はいいんですよ。私とミヤシタ、フルカワ、ニイムラ。この4人は死んでも仕方ないんです。

スガ6　あん時、ミヤシタの申し出を断ってればね。

スガ7　今更仕方ないでしょ。

スガ3　あの人、悲しんでるだろうね。

スガ7　ウダガワセンセイ、お元気かしら。

スガ5　まだ好きなの、あんな爺さん。

Suga 1.　It was supposed such a strong sense of duty somehow or other by those people who must make this a great event. I was resigned to die.

Suga 2.　I cannot prepare.

Suga 1.　I'm ready.

Suga 2.　You must be ready.

Suga 4.　I hate it. I don't want to die!
Suga 3.　Though I am all right, why must they murder 24 people?
A woman.　I didn't think a death sentence was given to all human beings except two people.
Suga 3.　I am all right. Miyashita, Furukawa, Niimura and me. Even if these four people die, It can't be helped.
Suga 6.　You should have had refused a proposal of Miyashita at that time.
Suga 7.　There is no help for it now.
Suga 3.　That person will grieve.
Suga 7.　I wonder if Mr. Udagawa was well.
Suga 5.　Do you still like such an old man?

これらのスガたち7人は、お互いに他人同士なのであるが、7人ともスガなので、1人のスガが心の中で他のスガ達に向かって勝手に話していることになる。だから一種の内的独白とも考えられる。けれどもあくまでも1人のスガが7人に分裂して話している。つまり、それらのスガ達がお互い相手に向かって、話しているということは、形式の上では、ダイアローグであることに間違いない。だが、あくまで、1人のスガが7人に分裂しているという状況の中で語るのだから、独り言である。であるとすれば、対話ではなくて、一種のモノローグ（独白）と解釈する事ができる。仮に、これら7人のスガ達の台詞をダイアローグだと考えると、統合失調症患者が身勝手に話す独り言になってしまう。

例えば、ハムレットの場合、独りきりで自分に向かって話すときはモノローグであり、観客に向かって話しているのではない。また、亡き父王ハムレットの亡霊と会話するときは、傍にいる母ガートルートやクローディアスにはハムレットが誰と一体話しているのかわからない。

スガたちの会話は、他の女記者やある少年と、会話が繋がっているのであるが、ハムレットと父王の会話は傍らにいるガートルートやクローディアスには聞こえないのとは厳密には異なっている。7人のスガたちの会話を他の人たちは、一種の統合失調症患者の独り言を、健常者たちが傍らで聞いていると解釈できる。

もし仮に、1人のスガが7人のスガになって統合失調症患者のように話したら、スガは刑務所ではなく、精神病院に隔離されるべきであろう。

戦後、無頼派の作家、田中英光が親しい女性の桂子（不倫相手である山崎敬子）に暴力を働いて殺傷事件を起こしたとき、薬物を多量に飲んでいる状態で、相手の女性に重傷を負わせた。だから、刑務所ではなく、精神病院に隔離された。また、太宰治も薬物を大量に飲んで精神病院に収容された。

田中英光は、精神病院での生活を描いたエッセイの中で、同じ精神病院内で狂人と出会い、話し合った状況について綴っている。つまり、同房に、狂人を装って、精神病院に入れられた患者が語った逸話を紹介している。しかも、その同房の患者が、最初刑務所に入れられるのが嫌で、精神病患者を装って精神病院に入ったのであるが、それにもかかわらず、精神病院さえも嫌になって、今度は問題の精神病院を出たくなり、田中英光に内密に、男が健常者だと言い張る事が異常だと思ったと綴っている。結局、田中英光は本物の統合失調症患者と健常者とを区別するのがどんなに難しいかを問題にして書いている。田中英光が他の人と異なり特殊なのはオリンピックのボート競技の選手で怪力無双だったから、太宰治やアントナン・アルトーのような虚弱体質が語る体験記よりも、むしろ肉体的に薬物の苦痛にかなり耐えられた肉体の持ち主が綴る精神病院内での出来事であったことを考慮に入れておく必要がある。田中英光の精神病院内での日記は、田中が影響を受けたドストエフスキーの『地下室の手記』を思わせる描写が見られる。

鹿目さんは『愛と嘘っぱち』で、スガが、大逆事件の罪で死刑囚として服役中に統合失調症患者になったと仮定し、7人のスガに心を分裂させ、死刑の苦痛に耐えられない心境にあったと解釈したものと思われる。

ハムレットが統合失調症患者を演じ、亡き父王ハムレットと会話したのは、ある意味で、スガが7人に分裂した精神錯乱と似ている。ハムレットの場合、父ハムレットが暗殺され、自身も伯父のクローディアスの命令によって暗殺の危機に直面していることが分かっていた。その意味で、スガが死刑を宣告され統合失調症患者になった状況と幾分似ている。

牢の人々　♪たった一度の裁判で
十二人が死刑になった
それが大逆事件
それが大逆事件

People　♪ in prison in a single trial
Twelve were sentenced to death
That's the treason incident
That's the treason incident

大逆事件the treason incidentを繰り返してこの詩句がCouplet（対句）になっている。

ハムレットの場合、独白で、同じ言葉を繰り返して、5音5音のソネット形式の弱強5歩格を強調している。

To be, or not to be, that is the question.

鹿目さんは『愛と嘘っぱち』で、スガの死と、女性記者の出産とを描いて、シェイクスピアが『ハムレット』でハムレットの死による王位継承の断絶と、フォーテンブラスのデンマークの王位継承とを対照的に描いたのを、鹿目さんはあくまでも女性の立場から、大逆事件を自作の『愛と嘘っぱち』に重ね合わせて描いたと思われる。

『愛と嘘っぱち』がミュージカルであり、音楽劇であるから、韻を踏んでいる。シェイクスピアの芝居は「音楽劇である」と言ったのは、ミュージカル『マイ・フェア・レディ』の原作者バーナード・ショーである。ショーには、『ワグナー論』をはじめ、他にも大部の音楽論が夥しくある。つまり、シェイクスピアの芝居は韻を踏んでいる。また歌舞伎も七五調であるように、シェイクスピア劇はソネット形式で韻を踏んで書かれているので、音楽劇である。

鹿目さんの劇にもミュージカルが多い。だから、鹿目さんにとってシェイクスピア劇は昔から馴染み深かい音楽劇だったと思われる。

シェイクスピアが音楽劇であるように、鹿目さんの『愛と嘘っぱち』もミュージカルで韻文劇である。殊に、シェイクスピアの『ハムレット』はメランコリックな世界観で描かれている。死への憧れは墓場のシーンのヨーリックの頭蓋骨を手にした時のモノローグによく表れている。スガの不当な死刑宣告は、ハムレットのメランコリーを重ね合わせるとスガの憂鬱が浮かび上がってくる。近代では、ヴァルター・ベンヤミン（1892−1940）が『ドイツ悲劇の根源』（1925）に、戦火で欧州を暗く覆うメランコリーを論じている論旨と、ある意味で大逆事件の政治状況と似ている。

鹿目さんの『愛と嘘っぱち』がハムレットと違うところは、スガが女性であることだ。むしろシェイクスピアの場合、ハムレットよりも重要な作品は『ロミオとジュリエット』であり、ジュリエットの強さは死をものともしない愛の力である。他方、スガがハムレットのメランコリーに近いだけ、ジュリエットの死を恐れぬ愛の力はなく、スガはメランコリーの方に傾き、その苦悩に悩まされている。明治の近代の黎明期を生きたスガの運命を、鹿目さんは、女性の作家以外に描くことが不可能なスガを婦人運動家という立場から劇化した。

鹿目さんが『愛と嘘っぱち』で時代考証を大逆事件に限って劇化している理由のひとつは、専ら、スガの心の葛藤を劇化しているからである。当時、他の社会主義者の堺利彦や大杉栄は監獄にあり、事件に連座しなかった。けれども、専ら菅野スガの心に特化した大逆事件を劇化した『愛と嘘っぱち』は極限られた限定的な観察に基づく刑事事件であったとも言わざるを得ない。

明治・大正時代のショーブーム

文明開化の日本では、近代の黎明期であった。明治・大正時代にショーブームが起こり、英国の劇作家バーナード・ショーが日本で流行した。多くの日本の思想家が、ショーの考え方を社会主義者に結びつけて論じて翻訳した。けれども岸田國士全集のうち、創作劇や劇評を読むと岸田自身や芥川龍之介をはじめ多くの作家がショー劇や音楽論の影響を受けていた事が分かって驚くばかりである。しかも、明治の文豪・森鴎外がショー作『馬泥棒』（*CAPTAIN BRASSBOUND'S CONVERSION*『歌舞伎』１９１０年10月－12月発表）を訳したのであり、坪内逍遥さえも、ショーの『軍人礼賛』（*Arms and the Man*）を市川又彦と共訳し１９２４年（大正13年）牛込会館で公演した。

ショーの日本への移入が先ず社会主義者として入ってきた理由のひとつには、当時産業資本で繁栄する英国と違って、日本は経済的に貧しい国であり、太平洋戦争を経て、漸く１９６０年代に入って、高度成長期を迎え、市民は１９１０年代の英国の市民と同じように豊かになり、ショーを社会主義ではなくてウエルメイドプレイの娯楽作品として受け入れるようになり、その時、始めて、ショーの代表作『マイ・フェア・レディ』が日本の一般市民に受け入れられて、安西徹雄教授は『マイ・フェア・レディ・イライザ』（１９８８.11.２〜14シアターサンモール）を上演したという経緯がある。

従って、常々、大逆事件を幸徳秋水や菅野スガに特化して、明治以来昭和にかけて、広範な婦人運動を度外視して、劇化することには問題があると考えざるを得なかった。

そこで、筆者は、流山児祥氏に、「なぜ、堺利彦が、この劇に登場しないのですか」と尋ねた。けれども、明快な回答はなかった。

かつて、ショー研究家の升本匡彦名古屋大学教授が、「近年、世界各地で、日本語が読めて、同時に日本語で論文を書き、話せる研究家がいっぱいいることに驚く」と語ったことがある。実際、明治時代に、大杉栄、伊藤野枝と関係が深かったダダイストの辻潤を、現在研究している海外の研究家がいる。しかし、辻潤も『愛と嘘っぱち』の芝居には登場しない。

鹿目さんの『愛と嘘っぱち』は、譬えれば、バーナード・ショーの『マイ・フェア・レディ』のような女権運動を描いたミュージカルである。例えば、周防正行監督の『舞妓はレディ』は２０１４年9月13日公開の日本映画であるが、女性の自立を描いている。両親は九州と北海道出身であるが、京都弁を練習して話せるようになり、日本の伝統文化に特化した女性の自立を描いている。

鹿目由紀作『愛と嘘っぱち』は劇の冒頭で統合失調症患者の菅野スガに焦点を合わせて、始まり、途中から、舞台は心理劇から、専ら大逆事件の時事問題に転換し、統合失調症患者の問題は影をひそめてしまう。

アントナン・アルトーの『演劇と分身』

アントナン・アルトーの『残酷演劇』に描かれた残酷な死刑を具現化した『チェンチ一族』（*Les Cenci*, 1935）がある。チェンチ伯爵の暗殺の首謀者の目論見が発覚し、一族が残酷な死刑に処せられていく。それは、まるでペストがチェンチ一族を襲うように、チェンチ伯爵の恨みは一族に襲い命をなぎ倒す疾風怒涛の嵐を、アルトーは『チェンチ一族』に劇化した。

大逆事件が起きた1910年には、大阪でペストの流行があった。それから100年後の、2010年に鹿目さんが『愛と嘘っぱち』を上演した劇には明治・大正時代に吹き荒れた疾風怒濤の世相が渦巻いていた。今から、その当時に遡って1910年に起きた忌わしい大逆事件をパースペクテイブに見ると、アルトーの『チェンチ一族』の残酷劇は、菅野スガの命を疾風怒濤が渦巻く大嵐のようになぎ倒す激動の時代を示唆に富んだドラマツルギーの迫力を与えてくれる。

また、アルトーは最晩年に『ゴッホ論』を書き、統合失調症患者の症例をゴッホに当てはめて耳切事件に真相を読み解いている。いっぽう、鹿目さんは『愛と嘘っぱち』で、菅野スガただ1人を7人のスガに分裂させて、統合失調症患者のメランコリーを疾風怒涛が吹き荒れる竜巻のように作り上げた。

他方、天野天街は、鹿目さんに遅れること3年後に、寺山修司作『レミング』を松本雄吉との共同脚本でコックを二人に分裂させ、更に、生身の影山影子と録音の影山影子を7人に分裂させて描いた。近年では天野はアリスや白雪姫を何人もの分身を作って劇化させている。

鹿目さんが、果たしてアルトーの統合失調症を想定して、菅野スガの心理状態に当てはめ、更に『チェンチ一族』の娘たちが残忍な父親殺しを企てたように、劇化しようとしたのかどうかは明確には分からない。だが、少なくとも、男支配の明治社会の抑圧の中で、菅野スガが、女性の地位を向上させようとして反抗の狼煙をあげたことは、明治時代の女権論者の平塚雷鳥、伊藤野枝の青踏運動を通して見えてくる。

けれども、スガの反抗精神は、結局、死刑によって砕かれてしまったのではないだろうか。例えば、ジャンヌ・ダルクは二百人の聖職者、更に数万人の英国軍に囲まれ、ただ独りきりで孤立無援のまま磔刑にのぼった。しかるに、ジャンヌの心臓は火刑の業火にも燃えなかったと言われる。或いは、また、ジュリエットの場合、間違った薬を飲んで死んでしまったが、決して家族同士の諍いに屈したわけではなかった。

一方、『愛と嘘っぱち』の女記者は結末で産気づいて赤子を生むのであるが、赤ん坊は、スガのような女性として再生を象徴しているようにみえる。しかも、スガ自身も、女記者が子供を産むような女性なのである。ある意味では、スガは死と再生を併せ持っているように見える。マルグリッド・デユラスは、『ガンジスの女』の中で、インドシナ戦争の最中、女主人公は、瀕病を病み、瀕死状態のまま川に入水して溺死する。だが、海は一種の子宮を象徴していて、死から再生する神話として描いている。

結語

『愛と嘘っぱち』の結末で、死刑台に向かって歩むスガと、傍らで女記者が赤子を出産する場面は、死と再生の対比を象徴している。このスガの死と赤子の誕生とが意味するのは、大逆事件から伝説が生まれたことを象徴している。ちょうど、ロミオとジュリエットの死から愛の神話が生まれたように、大逆事件からスガが婦人運動家として誕生し、伝説が生まれた事を象徴している。

しかしながら、ジュリエットの死は悲劇ではなく、ジュリエットの愛の強さの方が勝っており、その強さが詩の強さで浮き彫りになっている。死が問題でなく、愛の強さが突出しているのである。一方、スガの愛はジュリエットと変わらないパッションであるが、権力によって圧殺され、赤子の誕生による生の渇望にも拘らず、スガの死は重苦しい圧殺の力が上回っていて、近代人の心に巣食うメランコリーに特有な宿命の軛の下に押さえつけられているように見える。

先に述べたように、スガの運命はヴァルター・ベンヤミンが『ドイツ悲劇の根源』に表わした癒しがたいメランコリーを思わせ、その懊悩が大逆事件のスガの癒されぬ苦悩として鋭い濃淡に影を落し黒々と浮き彫りにされて浮かび上がっている。

またベンヤミンの哲学は幾層にわたって大戦下の欧州全体に浸透しており、しかもアルブレヒト・デュラーが描いた『メランコリア』が象徴している憂鬱な懊悩を覆い尽くしているのであるが、その重層的な効果によって一層、容易に、あの暗くて重苦しい時代が引き起こした懊悩に益々近寄りがたく、簡単にはその糸口が掴めなくなっている。ベンヤミンの『複製技術時代の芸術』（１９３６）に影響を受けた寺山修司は、同じ主題からただ一つの解釈を引き出すことに満足せず、むしろ、矛盾、逆転、転倒を繰り返して追跡する手を緩めなかった。

鹿目さんが『愛と嘘っぱち』でスガの人格を捉えどころのないまま未解決のままにオープンエンディングにしているのは、この点で、ベンヤミンや寺山が扱う底なしの煉獄の苦悩と極似している事に気が付くのである。

第6章　安藤紘平先生と映画

北村想さんとの討論会で、「寺山修司の演劇は素人肌が払しょくできない演出が随所に見られるけれども、寺山の映画の場合は舞台劇と違うでしょう」と、質問した時、答えは必ずしも肯定的ではなかった。

その日の討論会では、北村さんが、ドキュメンタリー映画『日の丸　寺山修司40年目の挑戦』の評価が根本的に否定的であったように思われた。

マッチ擦るつかのま海に霧ふかし身捨つるほどの祖国はありや

この寺山の歌には、「祖国」が歌い込まれているので、父八郎が南方で祖国を思いながら戦病死した気持ちが歌い込まれているのではないかと思い込みかねない。しかしながら、寺山は市街劇『1メートル四方1時間の国家』の中で、「1m四方内だけは、治外法権で、義務も責任も放棄しているので、国家は存在しない」という持論を展開している。

TBSのドラマ制作部所属で、『日の丸』が初のドキュメンタリーとなる佐井大紀監督は、自ら街頭に立って、1967年版当時と同様の質問を現代の人達に問いかけている。ふたつの時代を対比させることによって、「日本」や「日本人」の姿を浮かび上がらせた。

いっぽう、安藤紘平先生は『寺山修司とパンデミック』所収の巻頭論文『日の丸　寺山修司四〇年目の挑発』を掲載し、自説を展開している。そもそも安藤先生は北京生まれでパリ育ちの、コスモポリタンであり、所謂ナショナリストの見解とは程遠いと言っていいだろう。

北村さんは、更に、討論会で、「寺山は、井上陽水の『傘がない』を聴いて、詩人を止めたと言った」と語っている。実際、寺山は井上陽水の『傘がない』を聴いて深刻に悩んでいたと言われている。けれども、日本の歌謡界をけん引する作詞家が詩を止める、と言ったからといって、詩人を止めたわけではない。

そもそも、「日本に韻が万葉集以降ない」と主張したのは、萩原朔太郎であった。古事記には韻があったのに、中国から漢文が日本に入ったとき以来、同時に中国語の韻を省略して移入してしまった。だから「日本書記以降の日本語には韻がない」と述べた。また、開高健は「日本以外のどの国にも韻やイントネーションがあるのに、日本語だけにないのは奇妙だ」と述べている。

それにまた、ラフカディオ・ハーン（小泉八雲）が、ニューヨークで『古事記』を読み、深く感動し、日本の出雲に来て小泉セツと結婚し、日本に帰化したのは、『古事記』の持つ韻に魅了されたからである。ハーンが、松江の音の風景を書くエッセイには、日本人自身が失った『古事記』の響きが伝わって来る。盲目の耳なし芳一が聞いた『壇ノ浦の戦い』の平家琵琶の響きにも、遠く万葉集の時代にあった韻の響きが聞こえてくる。

井上陽水の歌謡曲は西洋で言えば、ミンストレルで吟遊詩人が結婚式のお祝いで歌う歌の形式と似ている。しかし、シェイクスピアのソネット形式は、桂冠詩人ペトラルカのペトラルキズモ（ペトラルカ式スタイル）以来受け継がれている五音＋五音の韻を踏んだ韻文である。開高健は、英語もフランス語も流暢でイントネーションはイギリス人もフランス人も顔負けの鼻音を利かせて話す。

安藤紘平先生は１９６８年、早稲田大学理工学部卒業をしているので、専門的な理工学の理論派である。卒業と同年ＴＢＳに入社し、事業局・メディア推進局次長などを経て、２００４年から早稲田大学教授を務めた。大学在学中から劇団天井桟敷に所属して、俳優の他、映像作家として活動している。

１９７０年に、電子映像を使った日本初のフィルム『オー・マイ・マザー』でオーバーハウゼン国際短編映画祭入選し、同作品は現在米国ゲッティ美術館に所蔵・展示されている。また横浜美術館などにも作品が収蔵されている。

１９９４年には、ハイビジョン撮影を35ミリフィルムに変換して作成した『アインシュタインは黄昏の向こうからやってくる』を制作し、ハワイ国際映画祭銀賞特別賞、及び国際エレクトロニックシネマフェスティバル・アストロラビウム賞を受賞している。

その他にも、作品、受賞歴が多数あり、デジタル、ハイビジョンに先鞭をつけた映画作家として世界的に著名であり、２００１年にはパリで安藤紘平回顧展が開催された。

先ず、安藤紘平先生は、寺山のドラマ『さらば映画よ』（スター篇）（１９６８）で、中年の女性が「映画を妊娠する」と言う台詞に強い衝撃を受けた。更に寺山修司作『ローラ』（１９７４）の映画で、寺山偏陸さんが映画のスクリーンに出入り可能な映画を作ったことに注目した。この映画のタイトル『ローラ』については、「アヌーク・エメが娼婦を演じている映画に由来する」と萩原朔美氏は国際寺山修司学会で語ったことがある。

先ず、寺山修司作『さらば映画よ　スター篇』では、中年の女性が、不条理にも「映画を妊娠する」と語る。ミュージカル『オー・マイ・パパ』（１９５４）には男装の麗人が出てくるが、寺山修司版『星の王子さま』（１９６８）では男装のママが登場して、劇中、点灯夫と恋をして女性であることが暴露される。

安藤紘平先生は、寺山修司版『星の王子さま』に影響され、実験映画『オー・マイ・マザー』（１９７０）を作成する切っ掛けを掴んだ。その際、フィルムに、木暮美千代とおかまと娼婦の写真3枚を一枚、一枚貼りつけて、次いで、この写真群を張ったフィルムを映写機で回転した。すると、その結果、写った映写幕に怪物が現れた。これが、寺山が言う、「映画が妊娠して生まれた」映像となった。現在では、デジタルを使ってアナログの手作業は省かれるようになった。

エイゼンシュテインが、『戦艦ポチョムキン』（１９２５）のオデッサの階段の場面で、フィルムにはさみを入れ、カットして、それぞれの写真を繋ぎ合わせて、映像をモンタージュにして表わしたが、安藤紘平先生は、フィルムに、一枚一枚、木暮美千代、おかま、娼婦の写真を張り付けて、それから映写機を使って回転させた。すると、その結果、スクリーンには、三人の写真を張り付けたフィルムとは全く違った怪物が現れたのである。

レイモンド・チャンドラーの推理小説『ロンググッバイ』（1953）には殺人犯が顔を整形してラストシーンに現れる。元の顔と整形後の顔が歪になって現れるラストシーンは、安藤先生の『オー・マイ・マザー』の怪物を思わせる。

北村想さんは太宰治の未完となった『グッドバイ』（1948）を脚色し、鶴屋南北賞を受賞（2013）した。青森出身の作家に二人の修治がいる、ひとりは、津島修治ともう一人は寺山修司である。

寺山修司の映画『田園に死す』では、20年前の少年の私が過去から現在の大人の私に会いにやって来る。つまり、このシーンは、アインシュタインの『相対性理論』（1915）で双子の兄弟のうち、兄が高速ロケットに乗り、ワープして再び二〇年後、地球に戻って来ると、弟は兄より20年年老いて現れる。この理論上の仮説を、今度は寺山が映画『田園に死す』で、20年前の少年の私が高速ロケットに乗って、再びワープして、20年後の大人になった私に遭いに来る場面にして映像化した。

安藤紘平先生は実験映画『アインシュタインは黄昏の向こうからやって来る』で、死んだ父が或る日、突然、息子の少年に会いに来る。そこで、今度は少年の方が大気圏を脱出する超高速ロケットに乗って亡き父に会いに行く。

安藤紘平教授は、『アインシュタインは黄昏の向こうからやって来る』で、輪廻転生を表わし、子供、親、祖父はグルグルと時代を転生する状況を描いた映画を作成し、その際、アインシュタインの『相対性理論』を応用して映像化した。

映画監督のスピルバーグは映画『バックトゥザフューチャー』（1985）で、超高速度自動車を使って、過去にさかのぼり、過去の時代に突入し、過去の時代の若かりし日の父や母に会いに行く。アインシュタインの『相対性理論』では、地球の自転の速度よりも早く、ワープして、一足飛びに宇宙を飛ぶ宇宙船に乗り、大気圏を突き破って、未来の時代に行ったり、逆に、過去の時代に行ったりする。

『田園に死す』の撮影スタッフには、鈴木達夫撮影監督がいる。鈴木氏は、著名な撮影監督である。『田園に死す』の撮影の時には、少ない制作予算800万円余りで、宇宙船の制作費を使わないで、その代わり、過去の時代と未来の時代をスクリーンに現わして様々な工夫を凝らすのに苦労したと語っている。

鈴木監督は他にも『薔薇の葬列』1969年松本敏夫監督、『桜の森の満開の下』篠田正浩1975、『草迷宮』1979、『父と暮らせば』黒木和雄2004の撮影監督を担当を引き受け活躍している。

安藤紘平監督は『アインシュタインは黄昏の向こうからやって来る』で列車がスクリーンを突き抜けて、大気圏外の宇宙の外に飛び込んでいくようにみえるよう作製した。先ず、スクリーンの中に列車が突入するように工夫をこらした。

また、安藤監督は『フェルメールの囁き』（1998）で、フェルメール作『恋文』の静止画が、もしも動いたら、映画ではどう変わるかを映像化した。先ず、「恋文」は変身して「無数のかもめになる」。アナログの時代には一枚一枚写真をフィルムに張り付け、映写機を回すと、フェルメールの静止画が動く映像に変換して、スクリーンの中で動画に変わり、更に、無音状態から有声音状態に変えて、話したり歌ったり踊ったりする動画を作成した。

メタモルフォーゼを表わすのに、安藤紘平名誉教授は、『オー・マイ・マザー』の制作で3種類の写真をフィルムに1枚1枚貼り付けて映写機で回転した。そうしたら、今まで見たこともない怪物が現れた。そのようにして、映像は、寺山修司の言う「映画が妊娠する」映像と化したのである。

安藤先生は、寺山の実験映画からインスピレーションを得て新しい映像を次々と考案した。また、寺山も安藤先生の実験映画に触発されて新たな映像を生み出した。

安藤先生は小説『フェルメールの囁き―ラピスラズリの犬』（2021）を発表し、ジョイスの『ユリシーズ』（1918－1920）に描かれたダブリンの詳細な描写さながら、パリの街を顕微鏡で見るような微細に隈なく描いた。

小説の結末は、マクベスの魔女の台詞「良いは悪いで、悪いは良い」をひっくり返して、「偽物も本物もどちらも良い」と締めくくっている。というのは、安藤先生の『フェルメールの囁き』は舞台をオランダのデルフトから日本の大正時代のように見える風俗に移しているのであるが、以前から、デルフトから日本に移動した理由が分からないままでいた。

今度の小説によって、その謎を解き明かす手がかりを与えてくれているように思われたのである。つまり、マクベスの魔女の呪文を捩って、「本物も偽物もどちらも良い」と、さしもの魔女も吃驚仰天するような、まさに青天の霹靂のただなかで真理を披露しているようにみえたからである。

しかも、同小説が佳境に入っていく中で、突然、本書を中断して、寺山修司論を展開してみせたのである。しかも、この個所は本書の中の白眉そのものである。というのは、寺山自身も映画『田園に死す』が、佳境に入っていく寸前で、突然映像を中断して「実際に起こらなかったことも歴史のうちであり、〈過去〉だけでは真実を解きあかすことができない」と言って観客を煙に巻いているからである。それ故に、安藤先生の唐突な中断も、寺山の映画『田園に死す』が先例となった中断を思い出さずにはおかなかったのである。こういう手法は、ローレンス・スターン（Laurence Sterne, １７１３年11月24日－１７６８年３月18日）の代表作、『トリストラム・シャンディ』でいきなり小説が中断して真っ黒なページが続く先例を思い出さずにはいられない。

第7章　萩原朔太郎と朔美先生

萩原朔美先生と初めてお会いしたのは、二〇〇六年四月、名古屋の栄にある中日文化センターでした。実は、次女が朔美先生とお話ししたいと言うので、一緒に受講したのですが、その講座で、鮮烈な衝撃を受けたのは、映画の範疇の中でいえば、記録映画の分野でした。

人間の長い一生を、僅か数分間に短縮し、映写幕に封印したスキルには圧倒されました。這い這いしている赤ちゃんが、忽ちひとり立ちし、次に歩行を始め、その後で成人となり、やがて老いて、死ぬ。

普段、日常生活の中で、殆ど変化のない肉体も、フィルムの回転速度を速め、早送りして、こうして、一生をスキップして短縮して見ると、寺山修司作『毛皮のマリー』のビデオを早回しして、毛虫が蝶に変身する欣也少年役の朔美先生を見ているような幻覚を覚えた。

朔美先生が寺山修司元夫人の九條今日子さんと一緒の後姿を撮り続けてシルクスクリーンに収めた「小田急線」がある。二〇一四年五月以降、先生お独りが映っている。そのわけは、九條さんが同年四月三十日に逝去されたからだった。個人の失踪をかくもリアルに示されると、オスカー・ワイルドの「人間は死刑執行の猶予を言い渡された囚人にすぎない」に思えてしまう。

荒川修作はベルグソンの「純粋持続」について「死という問題は、〈私〉がある場所から遠のくとか、消えるとか…それを見届けるためのいちばん良い道具が、この身体なんです」と著している。

萩原朔太郎は、詩人がベルグソンの哲学を咀嚼しているときも「唯々諾々と模倣するのではなく、そのエッセンスを瞬時に掴み獲ることが大切だ」と力説した。これに応え、朔美先生は、ベルグソンの哲学を電光石火、光媒体に変え、流星のように飛び去る映像に表した。

朔美先生が発表した『朔太郎・朔美写真展』（２０１２）には、朔太郎夫妻と朔美夫妻が、それぞれ同じ服装で映った写真が一対ある。このフィルムを見比べると、朔太郎が生涯影響を受けたニーチェの「人の生は宇宙の円環運動と同じように永遠に繰り返す」を想い出す。

『萩原朔太郎全集』に自身の哲学を閉じ込めた、詩人の朔太郎と、映像作家の朔美先生とは祖父と孫の関係だが、外見上、全く異なったアーティストのように見える。けれども、朔美先生のお孫さんが、朔太郎のような詩人になったとしたら、ニーチェのいう輪廻転生の渦をグルグルと辿ることになる。朔美先生の写真集は、そのような転生を語りかけてくる。

朔美先生は、しばしば、誰彼構わず、厳しく批判する。まさか、この私が、それほどまで、徹底的に論難されることはないと思っていると…、或る日の午後、
突如烈火の如く激怒された。

『朔太郎全集』を読んでいると、朔太郎が雷神の如く怒って、ビシビシと批判する頁に遭遇する。芥川龍之介や室生犀星も例外ではなく、情け容赦なく弱点を抉り出す。けれども、それは、文字媒体を、あくまで第三者の目で他人事のように眺めているからに過ぎない。

ところが、ある時、目の前で朔美先生と対座し、旧知の間柄のように話をしていたとき、突然感情の激発に接したことがあった。すると、回りの時間が沈黙の回廊を一瞬に駈け抜けて、あたかも昔に遡って、朔太郎の文章の世界に迷い込んだような錯覚に陥ったことがある。

筑摩書房の『朔太郎全集』を繰っていると、芥川が部屋着姿で何の前触れもなく朔太郎を訪ね、いきなり面と向かって切実な告白をする、そんなエッセイが眼に飛びこんだ。すると、俄かに、朔美先生の自宅に初めて訪ねて行った日の

光景がまるでフラッシュバックのように蘇った。そのとき、先生は真顔になって
「母（葉子さん）がこの部屋で亡くなりました」

と語り、その場が一瞬凍りついた瞬間を想い出す。

朔美先生は、御母堂様との絆について、寺山が『毛皮のマリー』を描く際、自宅の庭にある美輪明宏から譲り受けたプレハブで独り暮らす先生を訪れ、誤解して、二十歳になっても半ズボンを穿く偏執狂の欣也少年とマリーとの母性愛を書く構想を思いついたとエッセイ「寺山修司の地下牢」で推測し描いている。

朔太郎の逸話にはつい引き込まれるが、眼前の朔美先生から同じ挿話を聞くと、どこかで気脈が繋がった気になりはっとする。後で思い返すと、文字楳体と現実とが交錯していたことが分かり、デジャヴュだったんだなと気がつく。先生は朔太郎だったのか、すると相手は、芥川だったのかと、とんでもない妄想が脳裏を駆け巡った。

朔美先生を訪問した日は早々に暇乞いをしたが、その後、偶々朔太郎の随想を読んでいたら、犀星が金沢から前橋へ朔太郎を訪ね、何日も滞在して閉口したという告白をひょいと見つけた。すると、日頃の朔美先生の気さくな姿が朔太郎とダブり、先生のざっくばらんな仕種が朔太郎の人柄と重なった。けれども、朔美先生との日々を一先ず脇に置き、ただひたすらに朔太郎の書物に没入し一心不乱になっていると、何時の間にか、昔の前橋や田端や大井町や代沢が蜻蛉のように浮んで消えた。

一九九九年、坪内逍遥の弟子、本間久雄の書誌を作成したことがある。その後、本間と平田禿木の孫に当たる平田燿子先生にお会いして、こう言われた。「あなたの書誌からは、みそ汁の湯気を感じない」と。同じ喩え話を朔美先生から指摘された時は流石に驚いた。

朔太郎全集を昔読んでいた頃本間はまだ存命していた。今読み返すと、本間の『明治文学史』の記述が懐かしく心に浮かんだ。文学史はその時代特有の世間の反応を正確に伝えることだと力説された。生前の本間を批判したのは島田謹二で『近代比較文学』は高著だが、朔太郎の詩論を批判すべく、常に脳裏から離れなかったらしい。

だから、朔太郎の名を咒文のように「S氏が…、S氏が…」と連呼したものだ。だが、パラドキシカルに「後世に名を遺すには一人の理解者を持つことだ」と煙に巻いた。それは朔太郎が頭にあったからだなと、今頃になって漸く分かった。

島田を批判したのは升本匡彦で、『横浜ゲーテ座』を読むと、逍遥、小山内、芥川、谷崎がゲーテ座にバンドマン喜歌劇団を聞きに赴き、後には朔太郎が有楽座や帝国劇場へバンドマンをよく聴きに行ったと記している。

朔太郎のエッセイから本間や島田や升本のような書誌は期待できない。升本は、「朔太郎のニーチェの輪廻転生もベルグソンの時間哲学もマルクス批判も一時的な流行で、やがて忘れ去られる」と語った。だが、果たして真偽はどうか。

朔太郎は、「ふらんすへ行きたしと思えどもふらんすはあまりに遠し」（永遠の詩）と歌った。一方、升本は何年もの間ロンドンでイングリッシュ・クリスマス・パントマイムを研究し、チャップリンが生まれ育ったミルクホール界隈に通暁し、彼の銅像が立つロンドンのエレファントファームに詳しかった。

朔太郎はチャップリンの映画に惹かれ、『街の灯』で盲目の女性を演じたヴァージニア・チェリルの哀歓に魅了された」と書いている。だが、パラドキシカルに「外国の女性と比べ、日本女性の顔立ちや地肌の方が繊細で仄かな色気がある」と称賛している。

朔太郎はチャップリンには大衆を引き付ける才能があり、女性から限りない生命力を引出すジャーナリストで詩人であると褒めた。いっぽう、朔美先生は若くて未熟な女性に対し、惜しみなく援助の手を差し伸べ、未知数の若い女性の直向な夢に対し、厭わず助言した。

朔太郎は殊の外チャップリンが好きだったが、朔美先生は若い頃から演技者として超絶したパフォーマンスを国内外で披露した。決して、チャップリンを模倣するのではなく、活躍しているうちに、チャップリンの立振舞を彷彿とさせるようになった。

朔美先生がエッセイにも書いているが、母の葉子さんから「人の真似ではなく、人と違うオリジナルティを見つけ、身につけるように努力しなさい」と、父・朔太郎譲りのアドバイスをされ、卓越したクリエイターになった。それは朔太郎が描いた紙媒体の詩ではなく、オブジェと化した詩人の魂を舞台で現したのだった。

朔太郎は哲人ソクラテスに詩人の魂を認めた。ソフィストの詭弁に屈せず、理想に殉じた姿に詩を感じたのだ。これは朔美先生が永遠に彫塑し続ける反骨精神の顕現である。

朔太郎や朔美先生の理想にはとても及ばないが、少なくとも、何事に失敗しようとも、挫けず最初からやり直す気概だけはいつも忘れないように努めたい。

第8章　映画と私と寺山修司

〝最近、なぜか、寺山修司…〟

安藤　紘平

「どうしたら映画監督になれるんですか？」

学生から良く聞かれる質問である。その時、私は決まって

「君は、なにか映画を撮ったかい？　もし撮っていれば、既に君は立派な映画監督だよ」と言う。実は、この答えは、寺山修司さんからの受け売りである。いや、正確には寺山さんは、私にこう言ったのだ。

「頭の中で映像をイメージした時点で、既に君は立派な映画監督だよ」

私が映画を撮るようになったのは、もとはと言えば、寺山さんの企みから始まったことである。

「安藤さん、これからは映画の時代だよ。パリで、割り勘で中古のカメラを買おうよ。一緒に映画を撮ろうよ。」

海外公演での我々の飛行機代の半分はパンナム航空とのタイアップであり、条件は、パリのパンナムビルの前で、当時人気のタイガースの加橋かつみと寺山さんが対談して、その映像をテレビで流すことだった。

「でも、そんな簡単に映画監督なんかになれないでしょう」

その寺山さんの答えが、

「頭の中で映像をイメージした時点で、既に君は立派な映画監督だよ」であった。

私は、すぐに寺山さんの誘いに乗って、パリに着くや中古の16ミリカメラを購入、なんとか無事、タイアップ映像を撮り終えた。しかし、帰国後、いつまで経っても寺山さんからは共同映画製作の話がこない。やむなくそのカメラで撮影した『オー・マイ・マザー』が、ドイツのオーバーハウゼン国際短編映画祭で入選したことから、私の映像作家としての第一歩が踏み出されたのである。

最近、なぜか寺山さんとの関連深い出来事が多い。

その『オー・マイ・マザー』が、最近、あちこちで持て囃されている。

最近、アメリカのゲッティ美術館に収蔵され、ニューヨークのジャパンソサイエティ、ボストン美術館をはじめ横浜美術館、東京芸術大学、早稲田大学、国立国際美術館などで上映されＤＶＤまで発売された。飯村隆彦さんや大林宣彦さんとの対談が組まれ、その時には必ず寺山さんの話が出る。そもそも、『オー・マイ・マザー』と云うタイトルが寺山さんの影響をもろに受けているからその事を質問される。

「オー・マイ・マザー」は、デジタルシネマのはしりともいうべき、フィルムと電子映像とのミックスである。映像のループを作ってフィードバックさせ、正帰還（ポジティブフィードバック）させると音で言うハウリングのような現象が起こり、電子が勝手に動き出す〝エレクトロフリーラン効果〟が生まれる。この現象が起こると、映像は勝手に動き出す。１９６９年のことだから、当時としては極めて斬新な映像で、草月ホールで上映された時には、観客の中からも大きな歓声があがった。

テーマは、作家である自分が母親を犯して再び母親の身体から生まれ変わり、また、母親を犯すという永遠のループである。フリーランするエレクトロンは、僕自身の精子だ。フリーランすることでループから抜け出るイメージを期待しても抜け出せない。これはまさに寺山さんのモチーフである〝家出〟と〝母への思慕〟のイメージの影響と言うほかない。そこに、ビデオというメディアがフィルムという母なるメディアを犯していくイメージを重層的に表現したかったのである。

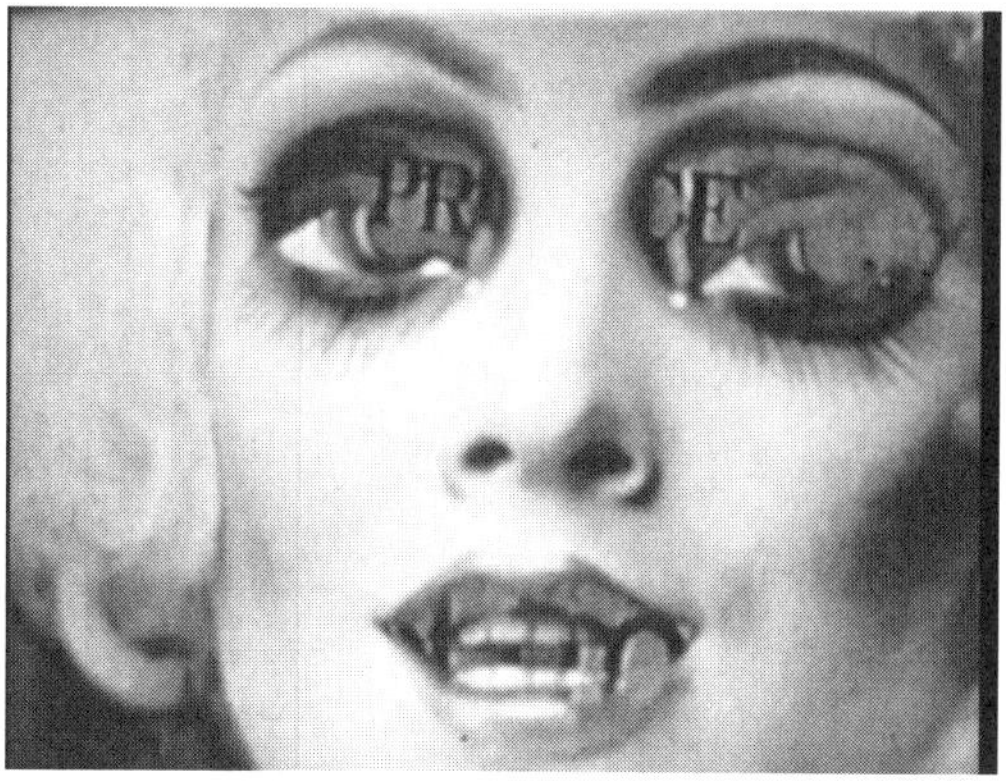

『オー・マイ・マザー』1969
●1969年オーバーハウゼン国際短編映画祭　入選
●アメリカ、ロスアンジェルスGetty Museum　収蔵
●横浜美術館　収蔵
●パリLight Cone　収蔵

母親の象徴としての小暮実千代の写真、ドイツの有名なおかまの娼婦、髭をつけた男装の女の写真が元の素材である。タイトルバックは、ドイツの有名なおかまの娼婦の写真から始まる。パッと見は母親のなりをしているが正体は男のアップの目が刳り抜かれてゆく。このおかまこそ自分と母親の間に生まれた子であり、自分自身であり、ビデオメディアであるわけだが、目が刳り抜かれてゆくのは、ギリシャ神話のオイディプスの話から来ていて、「近親相姦したものの目は刳り抜かれなければならない」から由来している。タイトルの終わりに髭をつけた女になるのは、僕の顔をした母親でも良いからである。そして、母親の象徴としての小暮美千代の写真がエレクトロフリーラン効果で動き出すわけ

である。

技術的には新しいが、まさに寺山さんの影響が色濃く現れている。ただ、日本で初めてというべきこの電子効果を応用した映像は、逆に、寺山さんの実験的短編映画『蝶服記』『影の映画』などに影響を与えているように思えて、少し嬉しい。


パリでの加橋かつみさんと寺山さんの対談に戻るが、これは、当時、ニューヨークのオフオフブロードウェイから端を発し、ロンドン、パリで大人気となっていたロックオペラ『ヘアー』の日本公演に関する話だった。この脚本を、当初、寺山さんが書くことで始まったのだが、寺山さんがあまりにも原作を過激に変えたため、寺山さんでは実現しなかった。実は先日、この日本公演のオリジナルメンバーでの再演が40年ぶりに行われた。公演の後、プロデューサーの川添象郎氏や加橋かつみさん、安藤和津さんらと寺山さんの想い出を語り合った。

先日、篠田正浩監督の講演があったが、ここでも、寺山さんの『マッチ擦るつかのま　海に霧ふかし　身捨つるほどの祖国はありや』がテーマとなっていた。

この間、飲みに行ったお店でたまたま会った作家の島田雅彦氏は、隠れ寺山修司ファンで、高校生の時、寺山さんからサインを貰ったそうである。

また、ついこの間、映画プロデューサーの佐々木史朗さんをプロデューサー講座にお呼びしたが、その最後の締めくくりが、寺山さんの１９６６年のドキュメンタリー『あなたは』が締めくくりだった。

昨日のいまごろ、あなたは何をしていましたか
それは充実した時間でしたか
………………

祖国を愛していますか
祖国のために戦うことができますか
………………
東京は好きですか
空がこんなによごれていてもですか
あなたにとって幸福とは何ですか
では今、あなたは幸福ですか
最後に聞きますが
あなたはいったい誰ですか

そう、この質問の中に入り込んでしまったのは、寺山さんではなくて、私たち自身なのだ。寺山さんの仕掛けた質問の迷宮の中で彷徨っているのは、九條今日子さん、萩原朔美さん、榎本了壱さん、森崎偏陸さん、J・A・シーザーさん、清水義和さん、そして私。それを、質問の向こう側で、寺山さんだけが笑いながら見ている。そういえば、私たちの誰だって、寺山さんの質問の答えを観た人はいない。永遠に続く質問の中で、私たちはいつまでこの答えを探し続けることになるのだろう。

最後に聞きますが
寺山さん、あなたはいったい誰ですか?

第9章　寺山修司の映画構造をアヴァンギャルドとメインカルチャーの新しい映像表現として読む

松本　杏奴

1．まえおき

一九六〇年代に、寺山修司という、天才とも、いかがわしいアウトサイダーとも言われた大芸術家が現われた。寺山は、若いころから俳句、短歌で脚光を浴び早稲田大学在学中に第2回「短歌研究」五十首詠で1位を受賞、その後、ラジオドラマの脚本、詩、小説、映画の脚本などそれぞれの分野で話題となり、時代の寵児となった。その中、一九六七年、演劇集団「天井桟敷」を草月ホールで立ち上げ、以後、アングラ文化の象徴的存在となり、更に、写真家、そして映画監督として実験的な映画を作り、一九八三年、47歳の若さで急逝した。

今日、寺山の伝説にあこがれ、その思想、魅力的かつ刺激的な行為を慕う若者たちは少なくない。ただ、その活躍メディアが広範にわたり、その表現行為があまりにも難解でアヴァンギャルドであるため、それらを映画構造として体系づけ俯瞰した研究はまだない。

本稿では、寺山修司の演劇構造から映画構造への展開、さらに新しい映画の表現として、どのような思想に基づいてさまざまな実験映画を作り出しているかを、作品を通して検証し、その前衛性が、現在のメインカルチャーとしての新しい表現にどう収斂し影響を与えているかを考察する。寺山は映画を見る観客とスクリーンの中の世界の一体化が映画にいかに影響を与えているかを分析した。寺山は、演劇は俳優が半分作り、後の半分は観客が作ると考え、映画や舞台をリアルなものとして紹介している。

2.『さらば映画よ』と寺山修司の映画構造

2-1.寺山修司の映画構造を考察

『さらば映画よ』では、寺山修司の映画論の思想的背景が類推される演劇『さらば映画よ』を検証し、寺山修司の映画構造を考察する。

寺山が書いた『さらば映画よ』は演劇だが映画ともいえる作品である。寺山は『カサブランカ』の主人公、ハンフリー・ボガートが亡くなった後にオマージュとして『さらば映画よ』を書いた。

先ず、『さらば映画よ』(ファン編)に登場する中年同性愛の男性カップルが映画『カサブランカ』のハンフリー・ボガートの話をしている。痴話げんかの中、ラグビーボールが観客席に飛んでくるラストは主体と観客の転換と考えられ、前衛的で挑発的であるといえる。

また『さらば映画よ』では、出演者が映画の主役になったと思い込んでスクリーンに飛び込んでしまったと仮定し、新しい方法で寺山の映画を創ることになる。これは舞台をスクリーンとして考え出した演劇と映画のドッキングではないだろうか。

寺山は、『さらば映画よ』の中で、既成の映画を破壊し、持論の夢の映画を想像力によって作り上げることを展開している。したがって、『さらば映画よ』で語られる『カサブランカ』に出てくる俳優ハンフリー・ボガートは、夢を媒体にして語られている。『さらば映画よ』に出てくる中年の男は夢想する。実際のボカートがスクリーンに入り込み、彼が病気で死んだ後、形がなくなり、ボカートはスクリーンの中を住処にしたと。そして、中年の男もまた、スクリーンの中に死に場所を求めるかのように、生身の肉体を映像化しようとする。このスクリーンを死に場所として表現しているのは、演劇のステージの上で俳優が交わす会話である。

2－2．大停電による寺山の映画論

一九六五年十一月九日にニューヨークで大停電があったが、ニューヨークを中心に被害が大きかったことから、一九六五年ニューヨーク大停電などとも呼ばれている。この停電により、２５００万人と２０７・０００㎢の地域で十二時間、電気が供給されない状態となった。しかし、この大停電は寺山の映画論に更に深い暗示を与えている。『さらば映画よ』（ファン編）の「停電」は観客が想像力を発揮するのに良い機会だと考えた。そして、『さらば映画よ』（ファン編）ではニューヨークの大停電が引用されている。『さらば映画よ』（ファン編）の中年の男２の台詞に次のようなセリフがある。

「そう。部屋の中にだって星はありますよ。ただ見えないだけなんだ……（腰掛ける）私はニューヨークで突発した十二時間の停電について考えましたね。あの十二時間、ニューヨークの市民は何を待っただろうか、って、高層ビルのアパートの壁を見つめながら、三流のレストランの壁を見つめながら、刑務所のコンクリートの塀やアスファルトの舗道のスペースを見つめながら、みんなきっと「自分の映画」の始まりを待ってたのではないだろうか？時ならず鳴りわたるニーノ・ロータの音楽！そしてスーパーなしにいきなり壁に映しだされる自分の顔。……」

右記の文章から、中年男２の心に生じた変化が読み取れる。また、エッセイ『地下想像力』には、「演劇的想像力」

の項がある。そのなかの「演劇みなエロス」の3番目に「『さらば、映画よ』（ファン編）の二人の中年男の男根表現」の解説がされている。その場面は中年の男2が、中年男1にハンフリー・ボガートの映画と役者の死を話している。

中年の男2……「いいですか？」と中年男2は念を押す。「ハンフリー・ボガード殺人事件の犯人は、映画の中の本人だったんですよ。彼は彼自身の代理人として、実にうまく立振るまい、しかもちゃんと生きのびていた。彼はどこにでもいながら『さわれない人間』なんだ。畜生！映画の中とは、またとないかくれがを見つけ出したもんだ……」中年男1は、次第に中年男2の狂気にたじろぎ、電灯をつけることを要求する。電球をつけると、幻の映画は終り現実の裸体が客の目にふれる。だが「虚構の性」は存在しなくなるのだから、その裸体は表現された肉体ではなく、ただの物体にかわってしまう筈だ。「ねえ、もう映画ごっこは止めて！」と中年男1は要求する。だが中年男2は止めない。彼の肉ははげしく見えないスクリーンの光にあぶられている。[2]

この解説を、ドラマ『さらば映画よ』（ファン編）の同じ箇所と比較してみていくと、寺山の推敲の跡を辿ることが出来る。

中年の男2……いいですか？ハンフリー・ボガード殺人事件の犯人は、映画の中の本人だったんですよ。彼は彼自身の代理人として、実にうまく立振るまい、しかもちゃんと生きのびていた。彼はどこにでもいながら「さわれない人間」なんだ。畜生！映画の中とは、またとないかくれがを見つけ出したもんだ……しだいに声高になってきた中年の男2……壁のスイッチをひねる。室内は暗くなる。映写幕の白さだけが荒野のように場面にひろがる。暗くなった……

右記のように寺山は改稿している。上記のドラマ『さらば映画よ』（ファン編）からの台詞と5年後のエッセイ『地下想像力』の解説を比較すると、中年男2の肉体は解説の方がスクリーンとの距離が限りなく接近していくことが分かる。

寺山は『さらば映画よ』（ファン篇）を書いた翌年『三田文学』の「特集・前衛芸術」（1967.11）の対談で「頭脳も肉体だということを知らなければならない[3]」と切り出し、更に頭脳は言葉と異なると論じている。

つまり「肉体というのは非常に素晴しい。それはやはり肉体は鑑賞に耐えると思うな。だけれども肉体から切り離された人間の属性はたえないので、言葉というものが脳味噌から切り離されて存在するという場合、その言葉に俺たちはなんの興味ももたないのじゃないか。[15]」

右記のように、寺山は、この対談で発言している。この場合、寺山は、舞台だけを念頭において発言しているのではなく映画も並列的に論じているとするると、頭脳は、スクリーンに置き換えることが出来るのではないか。それは、舞台上の役者の肉体について語りながら、同時に映画のスクリーンに光線化された肉体を念頭において、生の肉体と光線化された肉体とをパラレルに論じているからだ。

寺山は、ドラマ『さらば映画よ』（ファン編）を念頭におき、ドラマの同じ場面でドラマとスクリーンとの両方に役者の肉体を並列に置いている。しかし、寺山は対談で専ら舞台上の肉体のみを語り、スクリーンに写された肉体を伏せて話さないので、役者の肉体のコンセプトが希薄になり抽象的になってみえる。

2-3．『さらば映画よ』を通して寺山の映画論の新機軸を追及

寺山は、更に、姉妹篇『さらば映画よ』（スター篇）で、映画氏（光線と化した媒体）が出て来た、中年の女性に向

かって「君は何も見なかった」（『さらば映画よ』『悲劇喜劇』、（p.82.）『映画評論シナリオ』、（p.132）という。実は、この台詞は、マルグリット・デュラス脚本、アラン・レネ監督の『二十四時間の情事』に出てくる男性の台詞を、寺山がドラマにコラージュしたものである。『二十四時間の情事』日本で公開中止になりかけた『夜と霧』の監督アラン・レネが、初めて監督した、日仏合作の劇映画である。そこには日本ロケにやってきた、戦時中ドイツ人を恋人に持ったフランス女優と、広島の日本人技師との一日の恋が描かれている。男性は女性に向かって「君は何も見なかった[4]」という。

この脚本を書いたデュラスには独自の考え方があり、映画では、無意識の記憶、例えば「夢」で見たことも「見た」としている。夢は、絶えず視点が変わり、眠りに落ちると今まで見た夢もすぐに消えてしまう。今まで見た夢の記憶は、無意識の中の記憶となり、移ろいやすく、現実に見た景色の記憶とは異なっている。『二十四時間の情事』では、女性が見たという被爆した広島の街が、無意識の記憶のような風景で現実の被爆した町の広島とは異なり夢のように曖昧模糊とし、男性は女性に「君は何も見なかった」というのである。

いっぽう、寺山の『さらば映画よ』では、映画氏が「何も見なかった」と述べるのは、『二十四時間の情事』の「何も見なかった」とは異なる。寺山の場合、映画のスクリーンは闇の中で光線が見えるのだが、太陽の光のもとでは姿を消すという考えがある。したがって、「何も見なかった」のコンセプトを使っているのである。つまり、光線は闇の中で輝くものであり、白日の下では姿を消すもので、現実の人間の姿とは全く異なる。寺山はこのような意味で、ドラマの中で「映画氏は何も見なかった」と表している。

寺山は、自分のコラージュ作品を見た際に、自分の作品ではないが、よく見るとやはり自分の作品であるかのように一種の眩暈を感じ、迷宮の入り口に立ったような感覚を覚えたのではないだろうか。映画は、生身の俳優本人ではなく、光の微粒子と化した赤の他人が虚像となって映し出されている。寺山は、この本人ではないが、本人に似た映像に異常な関心を示し、やがて、代理人としての映画について独自の見解を持っていたと伺える。

確かに、演じている人は映像であり、だまし絵のようなもので生の人間であると同時に映像ということになる。また、この作品にはハロルド・ピンターの『昔の日々』の中にある台詞に通じるものがあり、「起こらなかったことも起こったことの1つだ(5)」という台詞は、現実の人間が映画を見て、それを現実にしたといえる。

寺山は『カサブランカ』(スタア編)を従来の映画として非常に評価していた。しかし観客はこの映画を受動的に受け入れるため、観客が映画に参加するというスタイルの映画としてはよく出来ていないと考えていた。そこで、代理人としての映画を否定した。つまり、観客にとっては受動的な映画であるのに対し、観客が映画に参加する新しい映画を『さらば映画よ』(スタア編)の中で考案したものと考えられる。

寺山は、演劇は俳優が半分作り、後の半分は観客が作ると考えていた(6)。

寺山はハワード・コッチ脚本の『カサブランカ』について観客が映画に参加する映画としてはよく出来ていないと考えていた。そこで、寺山は、観客が映画に参加する新しい映画を考案した。『さらば映画よ』(ファン篇)では、寺山がニューヨークの大停電を想定して、映画館が真っ暗闇になった後、観客は否が応でも、各自の想像力で自分の映画を作る事になるだろうと夢想した。また、『さらば映画よ』(スタア篇)では、観客の女性が、映画の主役になったと思い込み、スクリーンに飛び込んでしまったと仮定し、そのような新しい技法を使い寺山映画を作った。そして、寺山は『さらば映画よ』を通し、寺山の映画論の新機軸を追及した。

寺山は『さらば映画よ』(ファン篇)で、映画は、死んだ人も生きている人も住む不死の世界だと見ていた。現在と異なり、今からおよそ50年前の日本の映画ファンたちは、映画を、憧れの国と見ていた。だが、寺山の映画は、観客の心を写す映画で、既製の映画館のスクリーンとは異なる。寺山にとって、映画とは人々が教育を受けるように、他人から押し付けられて映画を見るのではない。そうではなくて、寺山が考えた映画は、映画ファン各自が自分の意思によって映画を夢見る理想の世界でもある。また『さらば映画よ』（ファン篇）に出てくるニューヨークの大停電は、近代機械文明の破綻を示している。だから、突然停電になった既製の映画館の暗闇の中で、文明人は、古代人がアルタミラやラスコーの薄暗い洞窟の中で描いた岩絵のように暗闇を通して個性豊かなイマジネーションを獲得する。

以上述べてきたように、『さらば映画よ』は寺山の映画を考えるうえで重要な映画であると考える。寺山は映画『カサブランカ』の物語よりも、ハンフリー・ボガートという光線と化した光の微粒子に関心が深かった。そして寺山は実在のハンフリー・ボガートよりも手に触れることの出来ない光線としての媒体、つまり夢想を媒体とすることによって、接近を試み続けた。それが寺山にとってのドゥーヴルの意味であり不死の正体で、代理人でもあったと考えられる。こうして、寺山は観客が映画のスクリーンに入り込むことが出来る映画を『さらば映画よ』の中で考案した。

3.『書を捨てよ、町へ出よう』におけるスクリーンと客席との関係

3－1. 客席との関係

『書を捨てよ、町へ出よう』におけるスクリーンと客席との関係では、前述の「2『さらば映画よ』と寺山修司の映画構造」で導き出された映画の構造からスクリーンと客席との関係において、従来の映画の概念を超えた映画の在り方を示し、さらに、実験映画『ローラ』において現在も上映されている映画とそれを演じ続けて36年間スクリーンの中に生きる寺山偏陸氏の人生を考察する。

一九七五年に寺山自身が監督・製作・脚本を務める最初の映画『書を捨てよ、町に出よう』を上映した。今までの映画とは全くちがう考え方で作り出したこの作品は寺山修司の革新的映画であるといえる。映画の冒頭のシーンは真っ暗の中、何も起こらない。これは寺山のいう暗黒をスクリーンにして、イマジネーションを監督する、見えない犯罪映画、つまり、『停電映画』にあたるといえる。また、暗闇の数分後に青年の主人公「私」（北村英明）が画面からが現

れ、語りかける。そして、主人公の北村英明（佐々木英明氏）は自己紹介と共に映画を見る観客を挑発する。これは、スクリーンの中とスクリーンの外の会話を作り出し、映画という枠を飛び越えて見るものを映画に引き込んだことになる。また、この先の物語は社会自身をスクリーンとして、インタビューやハプニングなどをコラージュのような形として作っている。

舞台は1970年の東京の新宿辺りに、津軽訛りの青年・北村英明が都電沿いのアパートに、無気力な父親と口うるさい祖母、そして「ウサギ変態」[7]の妹と暮らしている。様々な場所、人、出来事を巡り、怒りを募らせていく様子が描かれている。映画の冒頭では、この青年がスクリーンから語りかけてくる。青年は「そうやって腰掛けて待ってたって、何にも始まらないよ。」（189）と、こちら側の観客に話し続ける。話し続けた後に青年は映画の世界に入っていく。1970年の東京から、この映画は一歩も世界を出ない。まるで、その時代、その場所を映画の中に閉じこめてしまおうとしているかのようである。この映画の中に1970年の東京以外の「外」は存在しない。「外」とは、例えば主人公の青年の津軽訛りや、アパートの隣人が金さんであること等から随所に溢れている。しかし、その「外」は、この時代とこの場所に封じ込められており、結局は、すでに内側のものとなっている。実際はこのような1970年はなかった上、東京でもなかったと思われる。文学作品からの名言と映画が随所に挿入される。こうして、このような文学作品からの名言と映像が映像作品をさらに実験的に映画の構造を破壊している。

次いで、繁華街にペニス型のサンドバックを吊り下げ道行く人に殴らせ警察に規制され、主人公が歩行者天国で次から次へと道行く人に喧嘩を吹っかけるといった様々なドキュメンタリー的である。尚且つ、この実験映画はハプニング的な映像も既存の映画に対しての挑戦だと取れる。ここに映し出された東京は、おそらくどこにも存在せず、そのような時代はなかったと推測される。しかしながら、その時代が幻のようにあったことも確かだといえるのではないだろうか。存在しない時代と場所が、この映画の中の不可思議な世界を一瞬とはいえ存在したのである。その閉じられた東京の中で、主人公の青年は家族もろともに漂流するように生きている。また、この映画は基本的にカット割がなく、ワンカット・ワンシーンでドキュメンタリー的に撮られている。ドキュメンタリー的な緊迫感、いっぽうで、フィクションのユーモアがあり、映画という虚構性を問い直している。

寺山の意図が、映画の終わり近くになると入り組んでいることが分かる。フィクションの主人公の「私」、北村英明ではなく、現実の佐々木英明氏がスクリーンの中に現れ、自分がフィクションの人物であることを明らかにしている。映画は出来あがると、どんなに様々な方法やイメージを詰め込まれていようが、それは固定され、毎日何度も映画館のみならずテレビやビデオ、ＤＶＤ等で上映されている。決まりきった見せ方への寺山の苛立ちがそこから伝わってくるようだ。寺山が夢想する映画は、映画館であれば映画という道具を使い、何時までもパフォーマンスが続けられている、そんな可能性を映写室に求めている。フランスでは映画館に映写技師の名前が掲げられている。それを見た寺山は、映画を作成するのはカメラが回る間だけでなく、上映中の映写機とスクリーンからイメージのさらなる層を構成することが可能であることを記述している。このことから、この作品は観客がスクリーンの外から楽しむものだけでなく、スクリーンの中でも楽しむ映画となっている。

６－２．成長し続ける映画

１９７４年に制作された16フィルムによる９分の実験映画『ローラ』は成長し続ける映画といえる。その映画の特徴は『ローラ』に出演している寺山偏陸氏本人がいないと上演できないことである。つまりこれは、スクリーンの中が手で触れられる世界を実現して見せる映画である。

寺山偏陸氏は、初演の『ローラ』に25歳のとき出演している。物語はスクリーンの中の女優たちに挑発された観客が映画の中に飛び込んでいく。つまり、実在している人と、光の影で出来ている幻の人物たちという、異次元の人物との交流を描いた作品になっている。この映画は木枠に幅広のゴム紐を張り、組み立て、中央に切れ込みを入れ、そこから役者が出入りする仕掛けとなっている。スクリーンに写る厚手のエンジ色のジャケットを着た25歳の偏陸氏は、現在、七十四歳であるが、未だに彼は同じ服装、同じ体形を維持し、『ローラ』を上映し続けている。彼は現実世界とスクリーン内の虚構の世界を行き来する役者としての役割を持っている。実際の観客席からスクリーンの中に入り込み、丸裸にされて追い出されるという役柄を、今でも演じるべく日本国内からパリまで縦横無尽に駆け回っている。故に上映では偏陸氏が必要不可欠な存在なのである。『ローラ』は、永遠に生き続ける作品として寺山が偏陸氏に託したといっても過言ではない。

そこで問題とされるのは、映画が偏陸氏の人生となっていることにある。この作品は寺山の思惑を通り越し、作品と生きる時間として、生身の人間が生きる時間が平行している。そして、ステージがスクリーンであるとすると、映画は舞台と観客を1つにしたと考えられる。

偏陸氏は上映される映画のために9分間は『ローラ』の出演者となり、彼の人生が映画となったのだ。これにより偏陸氏が年を重ねるごとに映画が進化しているということが明らかになったといえるのではないだろうか。

また、二〇〇九年に『へんりっく寺山修司の弟』では寺山の継承者・偏陸氏の活動を追ったドキュメンタリーが上映された。偏陸氏は高校時代に寺山修司の元に身を寄せ、「劇団天井桟敷」の一員となった。一九八三年の寺山の死後、偏陸氏は寺山の母・はつに懇願され、同じく寺山の表現活動を支えてきた九條今日子氏とともに寺山籍に入ることで戸籍上、寺山の弟となる。寺山ワールドのトリックスターとしての運命を背負った偏陸氏は、継承者として活動を継続した。寺山が偏陸氏に遺した『ローラ』を携え、日本、そしてフランスへ飛び出して上映活動を行っている。その映画では舞台・映画・文筆などジャンルを超越した表現で世界的な評価を得た寺山のもとに身を寄せ、寺山の死後は、寺山家に入籍し戸籍上、寺山の弟になった偏陸氏の活動と『ローラ』と共に生きるドキュメンタリーとなっている。

7．暗闇と釘そして反復運動

この項では暗闇と釘そして反復運動『ジャンケン戦争』、『盲人書簡』そしてスクリーンにくぎを打つ映画『審判』を例に、寺山の映画構造を考察する。

7－1．永久反復としての『ジャンケン戦争』

『ジャンケン戦争』は1971年に作られた作品である。この映画は因果律による反復ではなく、ジャンケンという遊戯により、一つの状況が永久反復してゆくことを表した作品である。現れる人間は、皇帝と将軍の二人の権力者であり、その二人がジャンケンをして、勝った方が負けた方を罰するという条件を作っている。そして処罰された後、再度二人はジャンケンをして、きわめて不条理で不毛な様子を、くり返しを延々とくり返すのである。長い場面を二人の俳優にコードネームをだけを与えてあとは即興的に演じた場面である。

『ジャンケン戦争』で、不毛な戦いを延々とくり返すところは、レーモン・ルーセルの作品『アフリカの印象』と類似していると考える。彼は、フランスの小説家であり詩人、奇想と言語実験的作品がダダイスト、シュールレアリスト達に高く評価されていた。

ルーセルの場合、繰り返しでも文字を一字変えることにより、まったく別の意味を表している。

billard（撞球台）のbをpに変えるとpillard（盗賊）に変わる。(8)

右記のように、billard（撞球台）の頭文字のbをp変えると、pillard（盗賊）と、意味が変わるのである。同様に、寺山の一連の作品の場合も、題名は変わっても、内容は殆ど同じである。つまり、『ジャンケン戦争』はその典型的な一例である。

更に、「ジャンケン」という遊びに「戦争」を加え、ジャンケンのような子供じみたゲームでさえも、必死にやると、大喧嘩になり、戦争に発展しかねないというのである。

また「ジャンケン」という言葉の繰り返しは、リズムとして見ると、「だ、だ、だ、だ、だ、だ、」と無意味なことを繰り返している。だから、この点からみると、「ダダイズム」と同じ様に、「ジャンケン戦争」は、いつまでも、ジャンケンを繰り返す行為と似ている。

7-2.『審判』による釘の反復運動

釘うちの実験映画『審判』では、釘うちが果てしなく続いている。『審判』は白いペンキを塗った特性のスクリーンに投影され、その下には何本もの釘と金槌が置かれている。

スクリーンでは、道路に五寸釘を打ち込む男、開いた本のページに釘を打ち込む老人、巨大な釘を十字架のように背負う裸の男、男が金槌で釘を打つことによって身悶えする女など釘の反復運動をする人物たちが描かれている。

また、寺山映画における人物の運動様態も、漫画やアニメーションの的ともいえる。つまり寺山の映画における人物の動きは、ひと連なりの絵を循環させてキャラクターに同じ動作を反復させることと類似している。『審判』の中での釘を打つ運動はその好例であろう。そして、最後に観客がスクリーンに釘を打ち込むことで映画は終わる。『審判』ではスクリーンに釘を打とうとステージに上がってくる観客らで、映像がさえぎられ、同時にスクリーンは釘の壁と化していく。また同じイラストの繰り返しの観点からみると、アンディ・ウォーホルが「マリリン」の絵を繰り返しによってグラディエーションを付けて何枚も描いたことが思い起こされる。終始、釘で始まり、釘で終わる、釘だらけの『審判』は、最後の7分間のところに来ると、観客たちが自ら舞台に上がりスクリーンに釘を打ち込んでいく。そして、白い光が投影されるだけのスクリーンの全体が釘に覆われたところで終る。この映画は、上映の度、ある程度微妙に異なった展開をする可能性を秘めている。

7-3. 暗闇と『盲人書簡』

寺山は『盲人書簡・上海篇』（公演場所によって（上海篇）の中の場所は変わる）で俳優ばかりでなく観客も同じ密室の世界に巻き込もうとしている。見えない演劇とされ、役者が観客の入場が終わると扉をふさぎ、非常灯なども消し、全くの暗闇の状態を作り出す。

上映時間の半分は暗闇の状態であり、マッチ、照明などの光がランダムに照らすだけで観客は見えない演劇を想像力で自分だけの演劇を作り出すのだ。

ストーリーはマッチが1本擦られると、暗闇の中より浮かび上がる人物たちが語り始める。犬神博士の執刀で目の手術をした小林少年は、視力を取り戻すことなく闇の世界の中で、在りし日の明智小五郎を探し、上海の街を彷徨い始める。そこは暗黒都市であり見えたかと思えば消える幻の黒蜥蜴が跋扈し、偽りの母が乱舞する。小林少年の見た世界は現実か、それとも虚構なのか、「よく見るために、もっと闇を！」(9)の言葉とともに幻想都市が崩壊していく。これは闇の中に、日常では見えない真実を見いだした幻想劇だ。

寺山の「闇」のアイディアが斬新なのは、役者も観客も真っ暗な密室で劇を共有することである。殊に、観客は俳優と違って暗闇に慣れていないから闇の恐怖をドラマチックに想起することは俳優よりも容易に体感出来るだろう。

『さらば映画よ』の中で発生する「停電」の意味は観客が想像力を発揮するのには良い機会だと考える。だが、寺山の『盲人書簡』の中の盲人の世界は、暗闇をもっと暗くして、もっとはっきりものを見ようとしている。つまり、停電になると、目が見える健常者は、何も見えなくなる。だが、盲人は、暗闇でも、ものが見える、というフランスの啓蒙思想家・作家ドゥニ・ディドロの考えが伺える。

寺山は、盲人は、夢の世界で、物を見ることができると考えた。そのアイディアは、ルイス・ブニュエルとサルバドール・ダリ合作の実験映画『アンダルシアの犬』の中で、俄かめくらになった人が、イマジネーションで見る夢の世界を映画で描いた。寺山の斬新さは、「盲人でさえも、夢を見ることができる」という発想であった。更に、寺山は自分が見ている夢は、実は父親が見ている夢だと解釈している。

寺山は『盲人書簡』の中で小林少年が盲目となったのは、夢の中の世界であり、しかも、それは小林少年ではなく、父が見ている夢「お父さんの上海だ」（83）った、と解釈している。

それだけではなく、寺山は自作を毎日繰り返し上演するときでも、台詞や演出方法を変えた。かつて、寺山が行った海外公演を、九條今日子氏が回想して書いた「さらばポーランド」を読むと天井桟敷のポーランド公演での様子が生々しく伝わってくる。九條今日子氏はそのエッセイの中で寺山の密室劇『盲人書簡』について新たな解釈を付け加えているので、寺山の密室劇の意外な描写に突然出くわすことになる[10]。

寺山が自作の『盲人書簡』を脚色し舞台の上に構築した闇の世界では、ディドロの原作『盲人書簡』をそのまま再現したものでも、また翻案したものでもない。それでも、寺山の『盲人書簡』には、ディドロが『盲人書簡』に示したコンセプトから受けた強い影響があったと思われる。一例として、停電になると、目が見える人は急に眼が見えなくなるが、いっぽう、盲人は、闇のほうがよく見える、という。寺山は、ディドロが『盲人書簡』に表わした闇のコンセプトから影響を受けた。寺山は自作の『盲人書簡』で生まれつきの盲人ではなく、『怪人二十面相』の小林少年が盲人になったと想定してプロットを作り変えている。

寺山はディドロの『盲人書簡』を忠実に脚色しているわけではない。寺山がドラマ化した『盲人書簡』には独特な迷宮に繋がる迷路が仕掛けられている。つまり、小林少年は盲人となったと思い込んでいるが、実は盲人ではない。実を言うと、小林少年が盲人なのか目が見えるのか分からないから迷宮の世界に落ち込むのである。更に、先に進むと第十六場では、助手がことの顛末を、夢を媒体にしながら話す。その夢の中では、助手は、小林少年の夢を、更に小林少年の父親の夢に出てくる少年に分解し、こうして、夢を幾層にも重ねながら、夢さえも多重化して、迷宮のからくりを説明していくのである。

寺山がディドロの『盲人書簡』のアイディアに触発されて自作の『盲人書簡』を書いたことは事実である。しかし、寺山は既に『さらば映画よ』や実験映画『書を捨てよ、町へ出よう』でニューヨークの大停電の「闇」に覆われた映画館のスクリーンのように、観客は闇の中で盲人が計測するように自分の想像力を使って闇を計測し自分だけの映画を作ることを示していた。

もしも仮にだけれども、闇の世界は白昼の光よりもよくものが見えるとしたらどうだろう。実はこうした考え方は、寺山の演劇を考える上で特有の逆説を思わせるようにも考えられる。だが、ディドロの『盲人書簡』を読むと一層明らかになることがある。つまり、盲人の方が、失明した目ではなく、もう一つの目ともいうべく、数学や物理学を使って物と物との距離を計測し、眼の見える健常者よりも遥かに深くものを見ていることである。

8．記憶、夢と現実そして輪廻『田園に死す』『さらば箱舟』

8－1．寺山の思想の中にある前衛性

記憶、夢と現実、そして輪廻、寺山は、そうしたコンセプトを、映画『田園に死す』や『さらば箱舟』で使い、「世の中には現実はない。現実的な虚構と、エロス的な虚構があるだけだ」と言い表したが、更に、そのコンセプトを映画で実践して現実のはずの自分と記憶、あるいは虚構の中の少年時代が遭遇し、死んだはずの人間と会話するなど、寺山の思想の中にある前衛性を明らかにしている。それをここでは、探りだし取り出して精査し考察する事にする。

8-2.『田園に死す』の舞台設定

映画『田園に死す』の舞台設定は父親のいない主人公の「私」が、恐山の麓の村で母と二人で暮らしている。「私」の唯一の楽しみといえば、イタコに父親の霊を呼び出させて会話をすることであった。「私」は隣の家に住んでいる若い人妻を好きになる。ある日、村にやって来たサーカスへ遊びに行った「私」は、団員から外の世界の事を聞かされ、憧れを抱くようになり家出をすることを決心した。そして、同じように生活が嫌になった隣の人妻と共に村を離れる約束をした。駅で待ち合わせをして線路を歩く二人。実はこの二人はこれまで、映画監督となった現在の「私」が制作した自伝映画の一部である。試写会に来ていた人々は映画の出来を褒め、「私」を称えた。そして、評論家と一緒にスナックへと入った「私」は、「もし、君がタイム・マシーンに乗って数百年をさかのぼり、君の三代前のおばあさんを殺したとしたら、現在の君はいなくなると思うか」と尋ねられた。質問の意味を深く考えていた「私」は、少年時代の自分自身に出会う。少年の「私」は、映画で描かれた少年時代は脚色されており、真実ではないと言い放つ。そして、本当の少年時代がどの様なものであったかを語る。村に住む人々はみな狂気じみており、サーカス団も実は変質者の集まりであった。人妻からは家出の計画を本気にしていなかったことを告げられ、目の前で人妻は愛人の男、嵐と心中してしまう。そんな中、少年は現在の「私」と出くわした。現在の「私」は、過去の「私」が母親を殺せば自分がどうなるのかを知るためにやって来たのである。二人は話をし、少年は母親を捨て上京することを決意する。しかし、出発の準備の最中に東京からの出戻り女の草衣によって童貞を奪われてしまう。たまらなくなった少年は電車に乗り、故郷を離れていく。母殺しは起きず、「私」は少年を待ち続けるが何も変わりはしないのだ。今、現在の「私」は20年前の母親と向き合い、黙って食事をしている。やがて家の壁が崩壊すると、そこは新宿駅前の交差点であった。その周囲を沢山の人間が行き交うが、それでも私と母は黙って飯を食っている。というラストシーンへと繋がっていく。

8－3．映画の中での映画の移動

『田園に死す』では、現実だと思っていたのが実は映画で、作家は虚飾にまみれた映像（現在）を否定し過去の呪縛（母親）から逃れようと試みている。その象徴が壊れた「柱時計」を捨てて「腕時計」にあこがれる様に象徴される。結局、圧倒的な母親の記憶も抹消できず自分の誕生日は常に「現在」であるが、本籍地は「恐山」である事を最後に認める主人公がいる。様々な隠喩的映像のジグソーパズルが観客を「あの世」まで誘っているような映画である。

映画は少年と地主の奥さんと一緒に家出する場面があり、映画はそこで突然中断する。それから、場面は恐山から20年後の映画試写室の場面に変わり、映画監督の「私」と映画評論家が出てきて会話をする。そこでは、映画監督と映画評論家が挿話を交わすのだが、映画評論家の話では、ボルヘスから引用して、「五日前に亡くした銀貨と、今日見つけたその銀貨とは、同じものじゃない[11]」という。更に映画評論家は、イギリスのSF作家、H.G.ウエルズの「タイム・マシーン」に乗って時代を三代遡り、祖母を殺害したら、今の自分はどうなるか」などと話す。

映画評論家　「もし、きみがタイム・マシーンに乗って数百年さかのぼり、きみの三代前のおばあさんを殺したとしたら、現在のきみはいなくなるか？」（225）

映画監督の「私」は、タイム・マシーンに乗って過去に遡る前に、二十年前の「私」がタイム・マシーンに乗って過去からきて、映画監督のアパートに姿を現す。映画監督の「私」と少年は、年齢が二十年の差があるとは言え、私が同時に二人いるということは現実にはありえない。したがって、現実はいつの間にか夢か虚構になっている。そこで、寺山は、二十年前の少年の「私」が現実に現れたことを説明する前に、映画監督の「私」のほうが二十年前にタイムスリップしてしまうのだ。

「私」が映画の編集室にやってきて、その扉が開くと、その扉の向こうには、霊場の恐山が広がっている。映画監督の「私」は、『田園に死す』のスクリーンの中に入り、二十年前の霊場恐山の世界へと入っていく。但し、「私」は声だけで最初、姿は無い。実は、寺山は、『田園に死す』の映画撮影で、二十年前の「私」が、タイムスリップするのに地底から現れるようにしたかったのであるが、映画制作費が足らず、田んぼの溝から現れるように簡略化したと述べている。

映画の中で、映画監督の「私」が製作している『田園に死す』が再開されると、前のシーンで描かれた映画の状況はすっかり変わってしまっている。多くの映画の中では、映画が中断されることはない。また、再開された映画のプロットが変わることもないだろう。しかし、『田園に死す』は、ちょうど一度中断された夢の出来事のように再開される。すなわち、夢では同じ状況が繰り返さないけれども、『田園に死す』の続きは、ちょうど中断した夢のように状況は異なっているからである。また、まるで夢の中の出来事のように、二十年前に遡った映画監督の「私」のところへ郵便配達が郵便を届ける。この郵便配達は、寺山の他の様々なドラマや映画に出てくる。遺作『さらば箱舟』でも郵便配達が地中に深く抉られた穴を下ってあの世へ手紙を配達に行く。

また、『田園に死す』では、夢の中の出来事のように、映画監督の「私」と少年時代の「私」は、いつの間にか、20年後に戻ってくる。すると不思議なことに20年前の少年も映画監督の「私」についてくる。そのうえ、部屋では母が眠っている。そして、映画監督の「私」と少年時代の「私」は母殺しを画策する。20年後の映画監督になった「私」のところへ一緒に着いて来た少年の「私」が、現在では映画監督である「私」の母を殺そうと言う。もし、今の母を殺したら、少年の「私」は20年間死体となった母と一緒にいなければならないはずである。

私「そうだ。おれはこの目で見たいのだ。実際に起こらなかったことも記憶のうちだと言うことを」(277)

思い出はいくらでも書き換えられて少年時代の自分の記憶も「私」の記憶もどちらも存在しているということになる。

また存在しているものも夢であり、映画『田園に死す』のセットの中での出来事も作られた虚構に過ぎないことを示すために、映画の結末でセットを崩して、セットの後ろから一九七〇年代らしき白昼の東京の街並みを映し出している。スクリーンは虚構だとして、虚構を止めるとなると、それはスクリーンの外にあり、例えば、寺山は、生の人間が芝居『さらば映画よ』の中で、映画を夢想することになる。夢想はスクリーンの外側でされるとなると、夢が生の人間が生息する現実を浸食する。

ところで、『さらば映画よ』は映画ではなく舞台劇であるが、出演者は舞台で映画を夢想するのだから寺山の映画論であると想定される。『さらば映画』の舞台を映画化すると、『ローラ』のような生人間がスクリーンの中に飛び込む半分ドキュメンタリーで、半分映像で表すことになり、生人間とスクリーンとの間の境い目が重要になる。やがて『田園に死す』の中では、一つの映画の中からもう一つの映画へと発展していく。

『田園に死す』からフィードバックして寺山の映画をみると、夢の映画からもう一つの夢の映画の中へ入っていき、映画の中の子供が大人になった映画の世界へ出入りすることが可能となり、輪廻転生のように、ぐるぐると繋がっている。

5-4.『さらば箱舟』から見る輪廻

『さらば箱舟』はガルシア・マルケスの小説『百年の孤独』が下敷きになっており、南米なのか日本か、よくわからない不思議議な雰囲気となっている。本作『さらば箱舟』はいとこ同士で結婚したスエと捨吉が、タブーを犯したために本家の大作や村人たちから馬鹿にされている。そして、捨吉は皆の前で大作に不能と嘲け笑われたことから、カッとして彼を刺し殺してしまう。捨吉は、スエを連れて村を逃げだし地の果ての空き家に泊まるのだが、翌朝、二人が眼をさましてみると、そこが同じ我が家であったことに気づいた。やがて死霊になった大作は常に捨吉の前に現れて会話する。それまで交流のなかった二人が殺害により触れ合うことになる。そして、やがて、捨吉は、徐々に物の名前を忘れていく。

ある日、本家に夫が本家を継ぐはずだったという母子が訪ねてくる。その母と子供が穴に落ちてしまうが上がってきた時には大人に成長している。その穴は時間や空間を越えてどこかへ繋がっているらしい。また、本家では村中の時計を取り上げ捨ててしまい、その本家の名前「時任」が示すとおり本家だけに時計があって村中の時の支配を任されているのだ。スエが鋳掛屋から買った時計を村人たちに見つけかり、二つあると混乱するという理由で捨吉は殺害されてしまう。そして、その後、村に、急激に文明の波が入り込んでくる。村を出て行く者が増え、誰もいなくなった村で、スエが花嫁衣装を着て空地の穴へ投身した。そして百年経った頃、かつて空地だったところに、鋳掛屋が三脚付写真機を組み立てている。村人の子や孫達が集まって記念写真を撮るのだった。

シャッターの音と共に写し取られるのは、百年前と変わらぬ村人の姿である。今も、彼等は死を生きているという。こうして架空の村落共同体が文明の近代化の波をかぶって変貌して行く過程は、様々なイメージとエピソードで幻想的に描かれている作品となっている。

7-5. 死んだ人間との対話を成立

『さらば箱舟』の記念撮影のショットのシーンを見ると溢れるようなイマジネーションに圧倒され、引き込まれるようにして見惚れてしまう。主要な役は山崎努氏、小川真由美氏、原田芳雄というういわば普通の役者陣だが、映像の働きで、寺山の世界になる。いずれも名優ぞろいで、非常に見やすく分かりやすく、色気や生命力があふれるエロスとなって発散する演技となっていた。他の出演者としては、石橋蓮司氏、高橋洋子氏、そして高橋ひとみ氏や三上博史氏の映像的美しさが漲っているのは二人が目を見張る美しさを発揮しているためである。映像も独特の色彩と光と影がコントラストを表していて素晴らしい仕上がりになっている。それでも、いつもの寺山の異様な世界は健在である。『さらば箱舟』は寺山の遺作であり、撮影当時既に寺山はかなり体を衰弱していたという。寺山が死を意識した作品だったのだろう。
G.ガルシア＝マルケスの『百年の孤独』は南米の未開民族の神話的な物語なのだが、掻い摘んで粗筋だけを辿って一読しただだけでも、ある一族の百年の歴史が描かれているのが容易に見て取れる。『さらば箱舟』の映画タイトルの箱舟とはノアの箱舟のことであり、恐らく世界の終末から逃れるために家族が作った箱舟を象徴しているのだろう。それでは『さらば箱舟』のラストシーンは、百年後に箱舟から家族は地に降り立つ事が出来たのだろうか。その映像のラストシーンには捨吉とスエが念願の夫婦となって子供を産んでいる姿が描かれている。寺山自身もまた百年後に映画と共に再生する事を暗示しているのかもしれない。『さらば箱舟』の穴は、晴海の初演『百年の孤独』（映画『さらば箱舟』）では、実は空に向かって空いていた。
したがって、『田園に死す』に描かれた天の父と地上の息子との交信は、『さらば箱舟』に描かれた天にいる捨吉と地上にいるスエとの交信がパラレルになって描かれている。寺山の初期の映画と後期の映画には、天と地上の交信が描かれていることを読み取ることを可能にしている。これは、寺山の第2回「短歌研究」五十首詠で一位を獲得した詩集のオリジナルタイトルであった「父還せ」の主題が映画のテーマと符合していることがここに読み取れる。この世とあの世は鏡に映った生身の人間と虚像の人間の関係を表しており、寺山が、映画に対して終始懐いた観客と光線媒体の虚像との一体化を夢という媒体を通して可能性を追求していたことが分かってくる。さらに『さらば箱舟』は映画の中で、死んだ人間との対話を成立させているのだ。

8. 寺山修司の前衛性がメインカルチャーとして表現されている例と、寺山修司の影響を受けた作品

8-1. 寺山修司の影響を受けた作品

早稲田大学名誉教授で映像作家の安藤紘平氏の『アインシュタインは黄昏の向こうからやってくる』や『フェルメールの囁き』、そしてジェームス・キャメロンのCG映画アバター』などを例にあげる。

8-2. 寺山修司の詩

安藤氏は、寺山の和歌を、新しい映像で表している。しかし、和歌を読むのは都会の少年で、『田園に死す』のような東北訛りではない。それは寺山とは異なった映像化した和歌論になっている。『田園に死す』の冒頭で寺山の和歌がインポウズされる。『アインシュタインは黄昏の向こうからやってくる』では、しばしば、和歌が画面にインポウズされる。従来、国文学では、殆ど寺山の俳句短歌を専ら文字だけで論じている。

空には本
それをめくらんためにのみ
雲雀もにがき心を通る(12)

右記の寺山の詩歌が『アインシュタインは黄昏の向こうからやってくる』のスクリーンの画面にインポウズされる。画面は、炎となって燃え上り、炎が白い色となって丸い月に変わる。画面の中に画面を焼付けた、つまりここでは映画

の中に文字を焼き付けた。安藤氏は映画の中に映画を入れてまた、現実の人間を入れるという同じ作業を行っている。

『アインシュタインは黄昏の向こうからやってくる』は映画として寺山映画にどのような影響を受けているかを検討した。この映画では映画監督である安藤氏の本物の家族が登場する。現実の生活の部分をスクリーンの中に取り入れる形は寺山の映画と構造が似ている。

8-3. 永遠の映画

映画は、いったん撮影すると年をとらないばかりか、不死である。寺山が死んでも、27光年の光が届く宇宙のかなたでは、27年前の寺山が生きている姿が見られる。そうでなくても、映画は、27年前から30数年前にかけて寺山の画像を捉えているので、その当時の寺山生きた姿を不死の姿として見ることができる。

『アインシュタインは黄昏の向こうからやってくる』には、スクリーンの中に、もうひとつの映像空間がある。この映画の上映後に、同作品の制作者でもある安藤氏が、「無意識的に、寺山の影響を受けた」といった言葉が耳に残っている。寺山の『ローラ』で寺山偏陸氏がスクリーンに飛び込んだように、安藤氏の『アインシュタインは黄昏の向こうからやってくる』では、一つのスクリーンの中で、もうひとつのメタスクリーンの中に列車が飛び込んでいく。安藤氏は寺山も言ったようにスクリーンの中にもう一つのスクリーンの世界を作った。

アインシュタインの相対性理論のように、あるいはワープして猛スピードで飛行すれば、人間は年を取らない。スクリーンの中に、また一つの空間をはめ込んだ場合、その空間の中に閉じ込められた人間はどうなるのか。不死のスクリーンの中に、また一つ空間ができて、その中で、描かれた人物は、「不死の不死になる」[13]のだから「永遠」ということになる。その「永遠」の姿は『アインシュタインは黄昏の向こうからやってくる』の映像の中から、取り出すことは可能なのだろうか。もしも取り出すことが可能ではないとしたら、理論的には永遠にスクリーンの中に住むことになる。『アインシュタインは黄昏の向こうからやってくる』で少年は永遠を表した夕焼け空が欲しくなる。少年の父は

「空は永遠」と少年に答えるが、話をしていた後急に死ぬ。永遠回帰する宇宙と生人間の生命の短さを端的に表している。例えば、少年が空を挟みで切ると、かすかに「あっ」という老人の声が聞こえる。これは少年が永遠を象徴する空をはさみで切りとる事によって、ちょうど『田園に死す』の中途で突然映画が中断するのと似て、「永遠」の可能性というコンセプトを考えるうえで重要な作品となっている。この安藤氏のコンセプトは、寺山の映画は不死であるというコンセプトと繋がっていると考えられる。

また、『田園に死す』の20年前と同じようにご飯を食べている親子二人とむき出しになった都会の風景には、20年前の故郷の人が、衣装がそのままの姿で歩いている。そして雑踏に消えていく。時間が輪廻転生のようにぐるぐる回っている。『アインシュタインは黄昏の向こうからやってくる』でも、最後の場面で、少年のいるところへ、老人になった自分が姿を現す。これは、『田園に死す』で共通しているのは、夢であり、夢が引き起こす作用によって、時間が歪められる。寺山が『田園に死す』で考える映画は、20年前の私の映画と20年後の私の映画の間を行き来して、一種の輪廻転生のような永遠の世界を映画の中に映画を置いた事である。

したがって『田園に死す』や『アインシュタインは黄昏の向こうからやってくる』では、起こりえないことも、起こる映画となっている。例えばブニュエルの『アンダルシアの犬』では一つの映画の中に二人の同一人物が夢の世界にいて、「ドアに手挟まれたままになっている筈の男と、それと同じ男がベッドで横たわっている。[14]」だが、安藤氏の『アインシュタインは黄昏の向こうからやってくる』は、ちょうど、物理学者アインシュタインの相対性理論のように、映画の中に映画を相対的に置いた映画を作り上げた。つまり、安藤氏の『アインシュタインは黄昏の向こうからやってくる』の理念は、先ず、寺山が『田園に死す』の中に親子ほど年齢の違う同人物を配置して、映画の中にもう一つの映画をはめ込む仕組みを考案した映画の設計図を示しておいてくれた。そのおかげで、続いて、寺山の理念が今度は無意識に安藤氏の理念に繋がって、『アインシュタインは黄昏の向こうからやってくる』へと再生したからに他ならない。

8－4．夢の中で見る現実

寺山の考える映画は、映画の間を行き来して、フランソワ・グレゴナールが『死後の世界』で批評しているように、一種の「輪廻転生」（21）のような永遠の世界を映画の中に置いた。したがって起こりえないことも、起こる映画となっている。夢が引き起こす作用によって、時間が歪められる。『アインシュタインは黄昏の向こうからやってくる』では、少年がうとうとと夢想すると、部屋の絵が飛び、箱の中の少年が様々な場所を飛んでいく。やがて、画面が変わり炎となって、本が燃え上がる。本の灰が炎と共に数十年前の家の中に飛び込んでいく。少年が「夢を見た。そこは確かに僕の家だった。燃える灰の中から、書物が次々と生まれては僕の家の中に飛んでいった。僕はそれを呆然と眺めていた。」という台詞をいう、この時の画面は安藤氏の実際の家を使い出している。現実の生活の部分をスクリーンの中に取り入れる方法は寺山の映画と構造が似ている。

また、『アインシュタインは黄昏の向こうからやってくる』では、制服を着た十五歳の少年が現われてモノローグと共に新しい場面が始まる。ここでも「この日僕は夢を見ていた」と言った。

この夢のシーンでも安藤氏の玄関先とそこから見える電車がスクリーンに映し出される。これは映画の少年の夢の中の出来事に『田園に死す』との繋がりが見える。例えば『田園に死す』では「私」が「夢の中の自分にとっては、現実だった。」（255）など、編集室で映画監督の「私」が「どこから、つなぎあわせてよいのかわからなくなってしまった」（261）とモノローグしている。そこのところや、「待てないね。待っていたら、お前に追いつかれてしまう」（268）というところや、「作り直しのできない過去なんてどこにもないんだよ。」（269）と言うところは、大人の「私」と少年の「私」の循環に狂いが生じると見ているからであろう。過去はいくらでも作り変えることが可能であっても、夢も現実もどちらも存在するのだから、結局、嘘と本当とは同じであるといえるのではないだろうか。

また、『アインシュタインは黄昏の向こうからやってくる』では友達の誕生日会の帰りに電車を降りようとすると切符を落としたことに少年は気付くシーンがある。少年は、母親に「切符を落としてはだめ、駅から出られなくなる」と言われ駅から永遠に出られなくなると困っていた。そうすると駅構内で駅から出られなくなった子供たちに「ここの暮らし決して悪くないぜ、みんなここに住んでいるんだ」と意外な言葉を聞く。そして列車が通り過ぎる。この場面は、寺山の『さらば箱舟』のラストシーンで、百年後の住民が記念撮影すると、映っている姿が、百年前の祖父や祖母の若き姿が映っているシーンに似ている。

『田園に死す』の冒頭のシーンでも、墓地でかくれんぼしている鬼の女の子が「もういいかい」(239)と言うと隠れている子供たちは「まあだだよ」(239)と答える。次いで、もう一度「もういいかい」(239)というと隠れていた子供たちが、大人たちになっている。この時、時間が十数年経過している。

安藤氏は、子供たちが駅のホームで記念撮影のように集まっているが電車が通り過ぎると老人たちになっている。この場面は、安藤氏が寺山の映画をコラージュしていると考えられる。このようなシーンはその間に何十年も経った気がし時間が進んでいるように見えながら、進んでいないように見えるのだ。これは、アインシュタインの相対性理論のように、高速度で移動すると、人間はいつまでも年をとらないという仮定が成り立つわけだから、一種の輪廻転生のように、親子が、数十年間の時間のずれの中で、同じような人生を繰り返し、繰り返し循環しているように見える。安藤氏は映画の中で一人の人間の少年と大人に時間を二重化して時間の関係を相対化して表した。息子であって親でもあるという、時間の層を自在に行き来する状態を生み出し、親は子であり、子は親であるという、ぐるぐると循環する不死の状態を生み出している。言い換えると、映画の外側の人間が、映画の中へ入り込んでしまい、永遠に不死の存在として、親子関係をリフレインする映像を生み出したのである。このオリジナルは、寺山の『田園に死す』にその萌芽があり、次いで『さらば箱舟』で、親子の循環を提示したのであり、安藤氏は『アインシュタインは黄昏の向こうからやってくる』で寺山の個性的な映像を継承し発展させたのである。

8－5．『フェルメールの囁き』と寺山修司

『フェルメールの囁き』は、フェルメールの絵が、寺山の俳句短歌の文字に相当する。安藤氏の『フェルメールの囁き』を見ると、フェルメールの「恋文」の静止画が、動いたらどうだろうという驚愕を与える。その仕掛けとして、サーカスの魔術やクラシック音楽の引用が不思議な世界へと誘う作品となっている。

映画『真珠の首飾りの娘』は、フェルメールの絵画をなぞって解説し説明しているに過ぎない。安藤氏は、フェルメールの絵が与える印象を熟視によって、やがて破壊し、四百年前のオランダのデルフトを描いた西洋画を、百年前の明治日本の風景を和風に作り変えた。安藤氏の映像美は、フェルメールの静止画を純日本式の動画に変容させたところにある。こうして、安藤氏の『フェルメールの囁き』は、映画『真珠の首飾りの娘』が単なるくどくどしい散文化に過ぎないことを証明している。安藤氏はフェルメールの「恋文」を純和式の映像に変容させたことによって、フェルメールの「恋文」と同等の芸術的価値を生み出すことに成功している。この安藤氏の『フェルメールの囁き』は、寺山が詩集『田園に死す』を映画で詩劇風な『田園に死す』に仕上げた芸術美を継承発展させたことの一例である。

安藤氏は、フェルメールの「恋文」にあるオランダ・デルフトが生み出した芸術性の極致を、ダリが、フェルメールのオランダの風景を、スペインの風景の中に溶け込ませ変容させたように、今度は、安藤氏が『フェルメールの囁き』で、日本の明治時代の純和式に変容させた。寺山は、シュルレアリスムと土着性を『田園に死す』で遺憾なく発揮したと考えられる。それは、ダリのシュルレアリスムの影響とオランダやスペインの模倣でなく日本の青森という土地の土着性を表したのであるが、この映像美は、安藤氏の『フェルメールの囁き』で、寺山の映像美の痕跡と、新しい美の創造とを変容する映像の中で構築しているのだ。

8－6．盲目と映画

寺山は眼以外の感覚を研ぎ澄まして、もっとよくモノを見ようとした。盲人は健常者よりも数倍音が聞こえる。フェ

ルメールの絵をもっとよく見るために目ではなく、目以外の感覚で（想像力を膨らませ）フェルメールの絵をもっとよく見る。『フェルメールの囁き』で兄が盲目になった妹に手紙を書き読んでいるシーンがある。これは寺山脚色『盲人書簡』のラストシーン（もっと闇をもっと言葉を）をコラージュしている。しかし、これは単なるコラージュではなく寺山のドラマを映像化したことであり寺山のドラマは同時に映像作品でもあることを安藤氏は証明した。

考え方としては、宇宙を裸眼で見たものはない。しかし、コンピューターで、再生した宇宙を、我々は、宇宙だと信じている。つまり、上空から地上を見ることはできないのである。

しかし、高性能なカメラで、裸眼で見えない地上の地形を映し出す映像をわれわれ人間はそれを真実だと思って見ている。裸眼では見えないので、精度の高いカメラの目を信じているのだ。

視力が強くて眼がよく物が見える人でも、宇宙の遙か遠い彼方まではっきりと物が見えない。だから、盲目の人が手紙を読むという行為はよく考えてみると決しておかしな事ではない。裸眼で見えない映像（虚像）を、望遠鏡を通して、宇宙から地上を見る行為は、盲人が文字を読んでいる行為と同じである。或いはまた、映画（カメラが映したもの）が、現実よりも、もっとリアルなのはそのためでもある。

8-7. リアルとバーチャルの葛藤

寺山の演劇『壁抜け男―レミング』は、見る観客に夢を見ているのか夢を見させられているのかという問いかけを度々浴びせかけられる。観客にとって「現実」と「夢」との違いとはどう表わせばいいのかという疑問がでてくる。観客の意思でコントロールすることが不可能なままの状態で疑わしくなる瀬戸際に追込まれた時、その瞬間だけ、その曖昧さと事実をつなぐ現実こそ「夢」という媒体であり、疑いもなく今を夢見ている観客の見る夢こそ表象としての「現実」になるのではないだろうか。

また、夢見る事と夢を見られる事を主題にした映像は近年ハリウッドが好んで映画にしている。現代の観客が好むリアルとバーチャルの葛藤という説話論的手法がCGに馴染みやすいということもあると考えられる。映画『アバター』では主人公が夢を見つづける間に、もう一つの世界で存在している。映画の最後にはその夢から目覚めず、もう一つの体であるアバターを選択する。その選択を肯定も否定もせず、楽観も悲観もない物語の終わらせ方は正しいと印象を受けた。『アバター』の結末で主人公は夢から覚めたつもりでいるが、しかし、夢から覚めたつもりが、また次に待ち受ける夢から覚めた夢を見ているという説明にはならない。或いは、夢から覚めてもまだ次の夢を見ているとしてもそれが悲劇かどうかを問うことはあまり意味がない。夢を見ることが究極の自由だとしても、その自由さえあらかじめ誰かに見られている夢かもしれないのだ。その不自由さに気づき永遠に自由の夢を見つづけることが生きることだと言えばいいのだろうか。それ自体は何の解決にもならないが、元々答などないだろう。また、その答に対応した問いがあるのかどうかさえ疑わしい。「夢を見ている」つもりの観客でさえ、いつでも「夢を見られる」側になる。

『壁抜け男―レミング』の最後は劇場全体が暗転し、観客は自分の手も見えない状況で、劇場の扉を釘で打ちつけられる音をただ聞くしかない。観客たちは暗闇という不安が「私は何かに閉じ込められているのだ」ということをその時、身体的に知ると、感じることになる。寺山は演劇でも映像表現でも常に「観客」という名の受動的な傍観者の存在を許さない。抽象的な視線などは存在せず、常に視線は具体的である筈だという思想が、この演劇『壁抜け男―レミング』でも完全暗転という視線への挑発となっている。『壁抜け男―レミング』には、「壁抜け男」の副題にあるように、登場人物はアパートの隣の壁が突如消失したことに驚く。今までその存在を疑うこともなかった壁を文明と呼んでも社会と呼んでも自我と呼んでも常識と呼んでもかまわない。

しかも、『壁抜け男―レミング』を観ていると、「壁抜け男」の壁は、「夢」をとりあえず仕切る「何か」でしかない。だが、突然、その壁がなくなり、夢を見ていたつもりが夢に見られていたのだと気がついたところで、向こうの世界から飛び出したものは「ネズミ一匹」[15]なのだ。「見る」ものと「見られる」ものが互いにすり寄り、場合によってはすり変わってしまう浮動性もある。あるいは「見る」と「見られる」が同じ意味になってしまう。しかも、壁がなくなると、今度は「見る」と「見られる」の関係が入り交じってしまうのだ。譬えるなら、鏡に映った姿は、鏡という仕切りがなくなれば、どちらが虚像でどちらが生身なのか曖昧になってしまう迷宮の世界への扉でもあるのだ。

9．まとめ

9－1．まとめと考察

既存の映画は、観客にとって、スクリーンの中に入ることが出来ない受動的な映画である。しかし、寺山は映画を外から楽しむのではなくさらに展開したものに変え、スクリーンと観客の関係を壊し、繋げた。このような思想、考え方が、今後どのように新しい表現を生み出すかを考察した。映画のスクリーンには、俳優本人ではなく光の微粒子と化した赤の他人が虚像となって映し出されているが、寺山は、この本人ではないが本人に似た映像に異常な関心を示し代理人としての映画について独自の見解を持っていたと推測する。

寺山の映画は思想の中の映画であり、従来の映画は観客とスクリーンは別だが、寺山の映画は作り物の映画にもその中にはリアリティのある世界があることが分かった。「リアリティ」のあるという意味は「リアリティを感じさせる」ということであり、映画の中に、「現実の人間が入り込んでしまった」という安藤氏の考え方がある。

安藤氏は「誰が、ラストシーンを観たか」[16]で、以下のように述べている。

（寺山）「僕の場合、スクリーンからの距離ではなくて、スクリーンまでの距離が問題なんですよね。スクリーンまで、何マイルか……。」

（安藤）一九七四年だったと思う。寺山さんは、東京都美術館のオープン記念展で上映された私の作品「The Distance From the Screen—スクリーンからの距離」を見て、こんなことを言った。

（寺山）「つまり、映画を観ているうちに観客とスクリーンの距離がだんだん縮まっていって、映画が終わるころには、皆、スクリーンの中に写し撮られてしまい、客席には誰もいない……。ラストシーンは、全員がスクリーンの中にいるから、映画の最後がどうなったか見ている人はだれもいないんだ……。」

…………

（寺山）「スクリーンまでの距離が問題なんですよ。観客がスクリーンの中に写し撮られて、終わりには、全員がスクリーンの中にいる……。」

（安藤）そう、スクリーンの中に入り込んでしまったのは、寺山さんではなくて、私たち自身なのだ。……（23）

と、前述の対論で安藤氏は寺山と以上のように語っている。

一九六〇年代、唐十郎氏や鈴木忠志氏にしても、劇を上演しながら、演劇論を書いた。それ以後の人は、劇を書き上演しても、演劇論がない。その理由として、ハイテクが複雑になり、時間の余裕がなくなったからだと思われる。寺山は、自分ひとりで何もかも行ったが、それに加えて一人で出来ないことは寺山の企画に有能な人を巻き込むのが長けていた。また、寺山は歌人であった。明治時代、劇作家は皆韻文で戯曲を書いた。戦後韻文で書いた劇作家は寺山だけである。国文学分野では、俳句や短歌を、紙媒体を主体にして、論じて、寺山修司の歌を、国文学の領域で論じられてきた。しかし、寺山の俳句短歌の前衛性は、国文学で論ぜられるにはもはや限界があり、しかも、紙媒体を超えたところにある寺山の歌論を論ずることをしなかった寺山研究には旧態依然とした態度が未だに寺山研究ではまかり通っている。これまで、寺山の俳句短歌を、映画や演劇とパラレルに論じてきた研究は幾人かの研究がなされてきた。だが、その研究がメジャーになる時代はやってくる筈である。

また、サブカルチャーは基本的にメインカルチャーでないものはすべて含まれる。そもそも多様化している現状ではメインそのものがはっきりしていないうえ、相対的なところもあるので線引きは難しい。マイナーな娯楽という「目的」面を重く見るのがサブカルチャーと捉えている人が多くいる。「カルチャー」のは定義ってあってないようなものであり、人間が持つ行動の傾向・集合は全て「カルチャー」と、いってもいいだろう。そのくらい範囲の広い概念なのだから、万人が理解できるメインかサブかの違いは語義通りマジョリティーかマイノリティーかということではないだろうか。単にメジャー・マイナーではないニュアンスがあるからこそ一層定義は難しい。寺山はサブカルチャーがいずれメインカルチャーになることを予測していた。現在、多くのエンターテイメントのサブカルチャーがメインカルチャーに取り込まれている。更に　十年後二十年後にはサブカルチャーがメインカルチャーに取り込まれていると推測できる。寺山はサブカルチャーを世の中に新しい表現して影響を与えているのだ。

寺山の映画『田園に死す』と俳句短歌『田園に死す』の前衛的なシュルレアリスムを、安藤氏は自らの前衛的でシュルレアリスムの映像作品『アインシュタインは黄昏の向こうからやってくる』や『フェルメールの囁き』で、パラレルに表現して寺山の俳句短歌と映像を融合させて映像作品を表してきた。これらの映像作品で、安藤氏は、寺山の俳句短歌を映像と融合させただけでなく、寺山の俳句短歌が映像と不可欠な関係にある総合的な芸術作品であることを実証し、更に、寺山の芸術から新しい映像の可能性を示してきた。

寺山の俳句短歌と映像の前衛性を、安藤氏の前衛的な映像を通して、未知の映像分野を考究した。人間の目は不確かであり、我々が見ている星は今、光っていると思っている。ところが、実際には、その光は、数億光年前に光った光である。それほどに人間の目は不確かなのだ。

安藤氏の映画は宇宙の法則を映画化していて、これが、人間の目に見えない、リアルな世界である。普通の人間は、映画は虚像に過ぎないと思っているが、安藤氏によると、映画の外側の世界が映像に入り込んで、リアルな世界が映画の中に再現される。映画がそのリアルなアインシュタインの世界を映像化したのが、安藤氏の『アインシュタインは黄昏の向こうからやってくる』である。今後の研究では、俳句短歌を歌論として網羅的に研究しながら、安藤氏が開拓した俳句短歌と映像との融合から、寺山の目指した俳句短歌と映像を新しい映像技術を駆使しながら解明していきたい。これらの問題を、実験映画を作製しながら、同時に映画論、詩論を含めたプロデュースを行い、十年、五十年後、百年後の映画を、十年前、五年前、百年前を絶えずフィードバックしながら検証し、新機軸を成す映画の制作を目指したいと考えている。

『さらば映画よ』では、普通の映画を壊し、想像力で作る映画を構想し劇作した。いっぽう、『田園に死す』では、少年の想像力で、亡き父と話す映画を作った。寺山の遺作となった『さらば箱舟』でも、地上の妻が、天の夫に会おうとして負の穴に飛び込む。この穴は、想像力をシンボライズしたもので、寺山は『身毒丸』でも魔法の穴を使っている。この穴はこの世とあの世の扉を象徴として使われている。寺山にとって、想像力とは『邪宗門』のラストシーンに出てくる「どんな鳥だって、想像力より高く飛べない[17]」であろう。

言い換えれば、寺山の想像力は既存の映画を否定し、不可能な映画を構築するシュールなユートピアを象徴している。また、想像力は『壁抜け男―レミング』のラストシーンに出てくる「世界の涯てとは、てめえ自身自の夢のことだ」（155）のことであり、不安定で掴み所の無い夢を映画化することでもある。

寺山は最後まで夢を映像化することを考え続けていた。遺稿『懐かしき我が家』でも次のように詩に書いている。

世界の涯てが
自分自身の夢のなかにしかないことを
知っていたのだ[18]

結論として、少なくとも、寺山は、最初から最後まで、映画やドラマで、夢を想像力で描き、既成の映画を破壊し続けたといえるのではないだろうか。

注

（1）寺山修司『さらば映画よ』（一九六六年五月号『悲劇喜劇』、74－75頁　一九六八年十月号『映画評論シナリオ』）、123頁、以下、同書からの引用は頁数のみ示す。
（2）寺山修司『劇的想像力』（講談社、1971）、64頁。
（3）『三田文学』の「特集・前衛芸術」（1967．11）、15頁、以下、同書からの引用は頁数のみ示す。
（4）Duras, Margurite, *Hiroshima mon amour* (Gallimard, 1960), p.22.
（5）Pinter, Harold, *Complete Works : Four* (Grove Press, 1981), pp.27-28.
（6）『寺山修司演劇論集』（国文社、2000）、49頁参照。
（7）寺山修司『書を捨てよ、町へ出よう』（『寺山修司全シナリオ』Ⅰフィルムアート社、1993）191頁、以下、同書からの引用は頁数のみを記す。
（8）岡谷公二『レーモン・ルーセルの謎』（国書刊行会、1998）、69頁。
（9）寺山修司『盲人書簡・上海偏』『寺山修司の戯曲』第6巻（思潮社、1986）、90頁。
（10）九條今日子「さらばポーランド」（『ポロニカ』no.2、恒文社、1991）、24－27参照。
（11）寺山修司『田園に死す』（『寺山修司全シナリオ』Ⅰフィルムアート社、1993）255頁、以下、同書からの引用は頁数のみを記す。
（12）『寺山修司青春作品集』（7短歌・俳句・少年歌集麦藁帽子、新書館、1991）、28頁。
（13）Gregoire, Francois, *L'AU-DEL À* (Que sais-je? Universitaires de France, 1957), p.126. 寺山修司は、フランソワ・グレゴナールの『死後の世界』を読んでいて、自作の『九州鈴慕』の冒頭でフランソワ・グレゴワールの『死後の世界』を引用している。結論としてグレゴワールは「不死」を主張している。
（14）Bunuel, Luis & Dali, Salvador, *Un chien Andalou* (faber and faber, 1994), p.8.
（15）寺山修司『壁抜け男―レミング』『寺山修司の戯曲』第5巻（思潮社、1986）、137頁、以下、同書からの引用は頁数のみを記す。
（16）『寺山修司研究』1号、2007、20頁。
（17）『寺山修司の戯曲』第6巻（思潮社、1986）、126頁。
（18）寺山修司『墓場まで何マイル？』「遺稿懐かしのわが家」（角川春樹事務所、2000）、257頁。

第10章 「ラ・ママ実験劇場」

桂木 美砂

「ラ・ママ実験劇場」(La MaMa Experimental Theatre Club (La MaMa E.T.C.))(以下ラ・ママ)は芸術監督である故エレン・スチュワート(Ellen Stewart, 1919.11.7–2011.1.13)(以下スチュワート)により創設された現存する最古のオフ・オフ・ブロードウェイ劇場である。創設以来、人種、言語、文化を問わず、テーマ性、先見性のある作品を重要視し、それらを実践する団体に対して、施設使用料を一切徴収せず創作のための環境を支援・提供している。それにより、国内外の無名であった芸術家・団体がラ・ママから育っていき、のべ十五万人の舞台芸術に携わる演出家、作曲家、戯曲家、役者などがラ・ママの舞台に立っている。これまでに日本を含む七十ヶ国を越える舞台団体・芸術家をアメリカへと紹介し、のべ三千五百以上の作品が上演されている。一九六一年にニューヨーク市マンハッタンの321 East 9th Streetの小さな地階劇場「カフェ・ラ・ママ」として誕生し、一九六三年に82 Second Avenueに移り、翌年に「ラ・ママ実験劇場」と名を改めた。その後122 Second Avenueの二階に移り、一九六九年に現在の74A East 4th Streetに拠点を置いた。この建物には、二つの劇場「ファースト・フロア劇場(First Floor Theatre)」と「クラブ(The Club)」がある。そして一九七四年に現在の「エレン・スチュワート劇場」とアーカイヴと管理事務所がある66 East 4th Streetの建物をニューヨーク市から借り受け、二〇〇五年に購入する。その他47 Great Jones St.にアートギャラリー、リハーサル専用スタジオがあり、これら複合施設をシーズン中の九月から六月までフル稼働させ年間百本以上の作品を上演している。七月から八月には、イタリアのウンブリア地方スポレートにて「ラ・ママ・ウンブリア・インターナショナル」プログラムの一環として各国の芸術家を講師に招き、ワークショップとシンポジウムを一九九二年から毎年行っている。

スチュワートは、長年にわたる文化支援の功績を称えられ二〇〇六年にオフ・オフ・ブロードウェイのプロデューサーとして初のトニー賞を受賞しブロードウェイ殿堂入りをした。二〇一一年十月十八日の創立五十周年には、ニューヨーク市により、東四丁目の道が「エレン・スチュワート・ウェイ」と改名される。日本人のパフォーマーとの関わりは、一九六六年、寺山修司（以下寺山）がスチュワートのもとを訪れ、彼の劇団（天井桟敷）が一九七〇年『毛皮のマリー』を上演したことから始まる。長年の日米舞台芸術に対する協力と功績を日本政府に認められ、一九九四年に勲四等瑞宝章、二〇〇七年に第十九回高松宮殿下記念世界文化賞（演劇・映像部門）を受賞する。ラ・ママについてはホームページで詳しく紹介されている。（www.lamama.org）

二〇〇八年五月一日、ラ・ママにて本人【写真】に寺山に関する聞き取り取材を行った。事前に手紙もなかったので、スチュワートは寺山が来ることを知らなかった。

「当時私は122 Second Avenueにいて、ラ・ママはドライクーニング店の二階にあって、私たちはそこで小さい劇場をもっていました。彼はまた来て私のところで公演をしたいと私に言いました。」

I was at 122 Second Avenue and la mama was upstairs over a dry cleaning shop and we had our little theatre there. He told me he was going to come and he would like to come and play with me.

「カフェ・ラ・ママ」を創立する前、ニューヨークの高級デパート「サックス・フィフス・アベニュー」でファッション・デザイナーとして働いていたスチュワートは、寺山の外見や服装と性格、そして互いの親交について次のように述べている。

「彼は素敵な人でした。間違いなく。彼はとてもフォーマルな服、小さな襟のついたチャイナ・ジャケットのような服を着ていました。修司はいつもとてもエレガントで、少しも場違いなところがなくすてきで、エレガントでした。舞台演出家には見えないでしょう。彼を見ても演劇関係者とは思わないでしょう。彼は、どう言ったらいいのか…外交官（のよう）で、とても礼儀正しく、はにかみ屋で、控えめでした。でも私といるときは違っていました。私はヨーロッパのいろいろな場所で修司と一緒でした。東京でも一緒で、お母さんを知っています。修司のお母さんが営んでいた喫茶店にも行きました。そうです。彼は私の息子のような存在でした。私達はとても親しかったのです。」

Oh, he was a pretty man. That's you have to say. Very formal ...like the jacket, the Mao looking things, you know, the Chinese jacket with a little collar. Shuji was always very elegant never a hair out of place but beautiful person... pretty, elegant. You would not expect him to be a stage director. To see him you would not think that he was a theatre. He was, how can I say...a diplomat.

Very polite, shy, he was shy, reserved. But not with me. It was different. He was my son.

Many places in Europe I was with Shuji. And also in Tokyo I was with Shuji. I know his mother. I was in the little tea house that she had. Right. He was like my son. We were very close.

ラ・ママの開発担当アソシエート・ディレクターを務める藤藪香織もスチュワートから、寺山は紳士であり、ジャケットとポックリシューズを履いていたと聞いている。

更にスチュワートは、寺山の舞台での役者に対する接し方を次のように評している。

「彼はとても献身的に仕事をして、断固たる人でした。彼が役者を動かし、役者はそのように動かなくてはなりません。自分で動くのではなく、彼が役者を動かすのです。だから即興はありませんでした。彼は役者にどう動いてもらいたいかを知っていて、役者はそのようにしました。彼は役者が自分の思う通りに動くのではなく、彼が言う通りに役者に動いてもらいたいのです。」

Well, he was very disciplined and stern. He puts you, you must do that. You did not put you, he puts you. So, there was not improvisation. He knew what he wanted you to do, you did that, you did not improvise. He wants you to do what he tells you, not what you think.

『毛皮のマリー』の台本をスチュワートは読まなかった。

「私は台本を読みませんでしたし、私がやりたいと言ったのではありません。彼が来て、劇をしたいと言ったので、どうぞと言いました。私はいつもそういうやり方です。」

I did not read the script and say oh I want to do this. No, no. He told me he wanted to come and do a play. OK come. But it is always like that with me.

もっとも一九七〇年に英語で上演された『毛皮のマリー』ニューヨーク公演に出演し、現在ラ・ママのアーカイヴ・ディレクターであるオージー・ロドリゲス（Ozzie Rodriguez）は、役者が寺山の考える動きより良い動きをしたと思った場合には、役者の即興も認めていたと話している。当時受けたオーディションの様子や公演に関して次のように語っている。

「寺山は『皆さん、壁を背にして座ってください。』と言いました。ステージにはだれもいませんでした。彼は中央に座って、『次は誰ですか？』と言うと、人々は『私が次やります。』と言いました。彼は通訳を通して、『即興をやります。ストーリーを作りなさい。二人の少女が春の午後に家に残されるという状況です。』と話しました。しかし私は男で、もう一人も男でしたので、とても変でした。ステージには浴槽があり、彼は『それを使いなさい。』

と言ったので、私はそれを使いました。全てのキャストはアメリカ人でしたが、彼とともに来た照明係り、セットデザイナーなどすべての技術者は天井桟敷でした。彼らは通りに出かけ、ショーに必要なものを見つけてきました。すべてのリハーサルと公演は二階の『キャバレー』、現在の『クラブ』で行われました。ある日、彼が私に言いました。『観客がショーの前にチケットを買おうと待っている時、下へ降りて観客のところへ行き、詩を吟じなさい。』それで詩人の役である私と友人が下に降りて行きました。私たちは『毛皮のマリー』の詩を喋りまくりました。観客は私たちを見て、劇がすでに始まったと思って二階に上がり、私たちも観客であるかのように彼らと一緒に上がりました。でも私たちは舞台衣装を着て化粧をしていました。観客は『おやまあ！何が起こっているのだ？』と言っていました。私たちは二階に着き、ドアを開けて『お入り下さい。』と言いました。寺山はそんなひらめきが大好きでした。」

Terayama said, 'Everybody just sit against the wall.' The stage was completely empty. He sat in the center. He said, 'Who's next?' Then people would say, 'OK. I go next.' He spoke through the translator, 'I will give you an improvisation. I want you to make up a story. The situation is two little girls left alone in the house in the afternoon in spring. But I was a man and the other man was a man, so it was very strange. On the stage there was a bathtub and he said, 'Use it'. So, I used it. All the casts were American people but all the technicians (light designers, set designers, etc.) that he came with were part of Tenjosajiki. They went out into the streets and they would find things that were needed for the program. All the rehearsals and performance were taking place on the second floor, 'the Cabaret', where the Club is now. One day he said to me, 'You should go downstairs to the audience and say your poem, while the audience is waiting, buying tickets before the show'. So, my friend and I, (there were two poets), went downstairs, talking away about the poetry of "La Marie-Vison". The audience was looking at us and thought the play had already begun. As the audience was going up we were going up with them, as part of the audience, but we were painted and costumed. The audience said, 'Oh, my goodness! What's happening?' When we got to the door, we opened the door and said, 'Come in'. Terayama loved that kind of invention.

清水義和も『寺山修司研究　第二号（国際寺山修司学会編）』の論文「『毛皮のマリー』を通して『ああお父さん、……』からのコラージュを読む」において、寺山はキャストにプロの俳優から市民まで様々な人生経験や社会背景のある者を選び、ニューヨーク公演用の台本はドン・ケニーにより英訳されたものの結局殆ど使わず、各場面のブロッキングやキャストのダイアローグをかなり無視して舞台を構築したと述べている。

ところで英語力についてはどうであったかというと、流暢といえないまでもコミュニケーションはとれていたとスチュワートは話している。前出の清水義和も同論文の中で、父八郎が英文学を学んでいたこと、母ハツが三沢米軍基地で働いていた頃に家に持ち帰ったアメリカ発行の新聞・雑誌を寺山が読んでいたことを指摘している。

ラ・ママ劇場付属の劇団の活動は海外にも及び、ヨーロッパ諸国を始め中南米、中東、アジアの様々な国を巡っていた。スチュワートは寺山と、海外公演の行く先々でよく一緒になったが、とりわけ印象深いエピソードとしてイラン公演を挙げている。寺山の海外公演の場所と演目一覧の資料は清水義和の著書『寺山修司海外公演』に掲載されている。

「演目が何であったかは忘れましたがイランのシラーズの宮殿の前でした。そして宮殿の前には水、とても広いプールのようなものがありました。宮殿の窓の内側に役者がいるのが見えます。彼らは「ブトウ（舞踏）」をしていました。音楽はヘビーロック、ゴージャスな音楽でした。これが舞台装置でした。宮殿があり、観客は窓と舞踏をみていたら、突然男が水中から立ち上がるのです。彼は長いこと水中にいました。濡れたシャツとネクタイを身に着け、ずぶ濡れでした。彼は立ち上がり、前方を真っ直ぐに見ながらゆっくりブルドッグを歩かせ、音楽が流れる中、突然彼の口から火が、大きな火が出てきました。水中でどうやったかわからないし、必要だったにせよ……

でもどうやって？私はいつもその時のことを修司と話したいと思っていました。そして一人の女性に火がついたのです。火が彼女に移り、彼女は燃えました。火は髪や他へも。私が水のこちら側から向こうへ飛んでいったと言う人もいます。私は自分の大きなスカートを彼女に掛け、火を消しました。私も少し火傷をしました。そして観客は凍り付いたように動きませんでした。誰も助けに動きませんでした。そして劇……男はまだ火を吹き出しながら歩いていて、ロック音楽。そしてついに医者と救急車が来て、私たちを病院へ連れていきました。でも劇は続き、終わるまで中断しませんでした。観客は催眠術にかかったように誰も席から動きませんでした。私たちと一緒に来る人は誰もいませんでした。そしてこの女性は頭皮が焼かれ、髪が焦げ、腕も…。私は腕を焦がしました。彼女は体のいたる所が燃え、私の顔にも焼けこげができました。私たちは私たちの公演を、彼は同じ場所で彼の公演をしていました。」

I forget what his play doing but it was in front of the palace in Shiras, Iran. And in front of the palace was like a water, a pool very wide. In the windows of the palace the actors were in the windows and you can see. They were doing Buto. And the music was heavy rock, gorgeous music. And this was the setting. There is the palace and you were watching the windows and the buto and all of a sudden out of the water stands up this man. He had been under the water for long time. He had a soaked shirt and tie and drenched. He stood up and he's walking a bulldog very slow, just looking straight ahead of himself and the music is going and all of a sudden out of his mouth came this fire, big fire. And I don't know how under the water and all or whatever he needed. ... But how? I always wanted to talk with Shuji about then. And it set a lady on fire. She's a flame because fire went on her. Fires on her hair everything. Some people say that I flew from this side of the water over there. I had a big skirt. I put my skirt over her. I put the fire out. I got burnt, too, just little burn, not much burn. And the people, in the audience were like frozen, they did not move. Nobody moved to help. And the play... this man is still walking, shooting fire, the rock music. And finally the doctors came, ambulance, and they took us to the hospital but the play continued it never stopped until the play was over. The audience was hypnotized. Nobody moved from their seats. Nobody ran to go with us... nothing. So, this lady, she just had the top skin burnt off, her hair singed off... singe her arms. Me... I got singed on arms from her. She's fire everywhere and one singe on my face. We were playing our show and he was playing his show in the same place.

他に最も記憶に残っていることを語った。

「彼の舞台です。それは非凡なものでした。空間の使い方が。ヨーロッパでも足場でできた大きいセットを作ることができました。彼は巨大なセットを作り、上に役者が乗り、舞台には舞踏と歌……ああ、それは非凡でした。すばらしいという言葉では不足で、まさに非凡でした。」

His staging. It was extraordinary. The way he used the space. And in Europe he could have big sets made from a scaffolding. He would make a huge things and actors on top and the Buto in his part of the stage and singing... ah... extraordinary. Excellent is not strong enough, extraordinary.

最後にスチュワートから国際寺山修司学会（清水義和会長）へ宛てられたメッセージを紹介する。このメッセージからはスチュワートが寺山を高く評価していたことがうかがえる。

「私はあなた方が修司のためにしようとしていることに私を含めて下さって、とても誇りに思い感謝しています。私は彼のことを『寺山』と呼んだことはなく、いつも『修司』と呼んでいました。私は彼をとても愛していましたし、彼も私を愛してくれたことをわかっています。それはすてきなことです。日本では彼は今、いや数年前からでさえ大いに認められてきているようですが、それは妙な気がします。彼が生きていた時、また彼の死後長い間、彼が日本に貢献したことに対して正しい認識がなされていませんでした。その貢献はとても大きかったのですが。彼はヨーロッパで大きな評判を得ましたし、それは日本にとっても大変良いことでしたが、そのことに対して真価を認められたことはありませんでした。ですから私は彼のために今いろいろなことが行われていることがとても嬉しいのです。ありがとうございます。」

I'm very proud and very grateful that you'll include me in what you are trying to do for Shuji. I never called him Terayama, always Shuji. I loved him very much and I know he loved me, too, and it is beautiful for him. You see, it is so strange in Japan now and even in these past few years he has gotten and is getting wonderful recognition. When he was alive and long after he was gone there was no proper recognition for his contribution to Japan which was huge. He had big reputation in Europe which was very good for Japan, but he never got appreciation for that. And I am so happy everything happening for him. Thank you.

【写真】
©La MaMa Archive Ellen Stewart Private Collection
（二〇〇八年五月一日　筆者撮影）

参考文献

清水義和「『毛皮のマリー』を通して『ああお父さん、……』からのコラージュを読む」『寺山修司研究』第二号　国際寺山修司学会編』（文化書房博文社、二〇〇八年）
清水義和『寺山修司　海外公演』（文化書房博文社、二〇〇九）

取材・資料協力

Ms. Ellen Stewart, Mr. Ozzie Rodriguez, Ms. Kaori Fujiyabu and La MaMa Archive Ellen Stewart Private Collection.

第11章　寺山修司・医学編

中山　荘太郎

寺山修司の人生において病気との闘いは避けられないものであった。中でもネフローゼには長く悩まされた。ここではそのネフローゼだけでなく、寺山修司が生涯罹患した病気について採り上げることにする。言うまでもなく、私は寺山修司の主治医であった訳ではない。それゆえカルテをチェックした訳でもない。さらに途中途中の本人の状態、つまり身体所見・血液や尿などの検査所見・レントゲンやＣＴなどの画像所見がどうだったのか知る由もない。寺山修司に関する膨大な書物の中にある病気の部分を抽出し、私なりにまとめた次第である。人の病気について書くのも読むのも気持ちの良いものではないと思う。ただ、私の中では寺山修司について一度は通らなければならない、乗り越えなければならないテーマであった。

Ⅰ．寺山修司と「膀胱結石」「尿路結石」について

腎臓内で尿中のカルシウム、シュウ酸、尿酸、リン酸などの可溶成分が結晶核を形成、その結晶核が成長・凝集・固化の過程を経て結石となる。その結石が突然腎盂尿管移行部、総腸骨動静脈交差部、尿管膀胱移行部などに嵌頓し、尿管が狭窄・閉塞されると腎盂内圧が上昇し、腎臓の被膜の急激な伸展や腎盂尿管壁の蠕動亢進により激しい疝痛発作が

起きるのである。上部尿路結石（腎結石、尿管結石）と下部尿路結石（膀胱結石、尿道結石）に分けられるが、上部尿路結石が全体の約96％を占める。男性優位の疾患である。男性では7人に1人が、女性では15人に1人が一生に1度は尿路結石に罹患する。この数年で急激に上部尿路結石が増加した要因を次に示す。・食生活や生活様式の欧米化が日本で定着したこと・人口構成が高齢化したこと・診断技術が向上したこと（CTや超音波検査が広く行われるようになり、KUBでは同定できない結石が見つかる）因みにKUBとは腎尿管膀胱部単純撮影のことで、腎臓～尿管～膀胱までの範囲を撮影するレントゲン検査である。

症状としては、排尿の途中で尿が出なくなる尿線途絶、尿閉、排尿時痛、排尿困難、血尿、頻尿などがある。治療としては、尿路結石の中でも膀胱結石は薬剤による溶解療法の効果が少ないため、手術療法が選択される。超音波・圧縮空気・レーザーなどを用いた経尿道的砕石術であるが、巨大な膀胱結石では、開腹による砕石も行われる。

御母堂の手記によると、寺山が2歳の時に一家で弘前から五所川原に転居、その年に罹患したのがこの膀胱結石であり、薬で完治したという。膀胱結石であるが、上部尿路（腎臓、尿管）で形成された結石が膀胱に降下する場合と膀胱内で結石が形成される場合の2つに分けられる。前者はほとんど増大することなく自然排石され、膀胱内に留まることが少ないので、後者のことが多い。前立腺癌や前立腺肥大症、尿道狭窄などの排尿障害を引き起こす高齢男性に多いので、小児に起きることはまれである。先天性の代謝異常（シスチン尿症）148や副甲状腺ホルモン異常、尿路の機能的形態的な異常があったのだろうか？後年混合性腎臓炎からネフローゼを発症したことを考えると、そういう可能性もある。

Ⅱ．寺山修司と「ネフローゼ」

「ネフローゼ症候群」についてネフローゼ症候群とは、高度の蛋白尿（3・0g／日以上）と低アルブミン血症（血清アルブミン値3・0g／dl以下が基準であり、血清総蛋白6・0g／dl以下も参考になる）を必須条件とし、その結果生じる浮腫（むくみ）、脂質異常症（高LDLコレステロール血症）を特徴とする腎疾患群である。他に血液凝固異常、免疫不全、易感染性などを生じる。ネフローゼ症候群は多彩な基礎疾患から発症するが、腎臓（特に糸球体濾過障壁）の異常を原因として発症する1次性（原発性）ネフローゼ症候群と全身性疾患（アミロイドーシス・全身性エリテマトーデス・糖尿病・各種感染症など）や薬剤による2次性（続発性）ネフローゼ症候群に分けられる。

対肝臓での蛋白合成能を上回るほどの多量の蛋白が尿中に流れ出た結果、低アルブミン血症と浮腫が出現するのである。蛋白尿が認められるということは、糸球体に病変があることを示唆している。発症年齢と発症様式により原因疾患が推測できるのである。症状としては、まず浮腫があり、それに伴う体重増加、下痢、腹痛、食欲不振などがある。重症になると、胸水や腹水の貯留、腹部膨満感、呼吸困難などが出現する。検査としては、尿や血液は勿論、腎機能検査、腎生検などがある。治療としては、患者さんの年齢や症状に応じて安静、食事療法（塩分制限）、薬物療法などがある。ただ、安静といっても、凝固亢進による血栓予防や長期的な予後を考えた場合、適度な運動が推奨される。

薬物療法であるが、1次性ネフローゼ症候群にはまず副腎皮質ステロイド薬（以下、ステロイド）が使用される。しかしステロイド抵抗性・依存性を示す場合には免疫抑制薬も併用される。一方、2次性ネフローゼ症候群では、基本的に原疾患のコントロールや原因の除去が重要である。歴史的にステロイドによる治療は1950年頃より行われ、免疫抑制薬を追加した治療が1960年代から試行されている。ランダム化臨床試験の結果で治療の有効性が提唱されるのは1960年代に入ってからである。こうしてネフローゼの治療は大きく進歩したが、寺山が混合性腎臓炎からネフローゼを発症した当時はまだ充分確立されているとはいえない状況であった。輸血を幾度となく受けた20歳前後の寺山が絶望し死を覚悟したということを忘れてはならない。この入院生活・闘病経験があったからこそ、その後の寺山は幅広く活動・活躍できたのではないだろうか？1度きりの人生を無駄にしないためにも。それゆえ寺山の人生の放つ輝きは今なお色褪せることなく、国内外の多くの人を引き付けているのである。

さて、寺山もステロイドを内服していた。そのステロイドであるが、次に示すように幅広い病気に適応がある。

・副腎皮質機能不全・関節リウマチ・エリテマトーデス

・強皮症・気管支喘息・肺結核・びまん性間質性肺炎・サルコイドーシス・アレルギー性鼻炎・悪性リンパ腫・白血病・顆粒球減少症・再生不良性貧血・溶血性貧血・慢性肝炎・肝硬変・潰瘍性大腸炎・重症筋無力症・顔面神経麻痺・末梢神経炎・ネフローゼ症候群この薬剤は抗炎症作用、抗アレルギー作用、免疫抑制作用を有する。更に糖代謝、脂質代謝、電解質代謝などにも影響を与えるほか、造血系、神経系、循環器系、消化器系、内分泌系、結合組織系などにも広く作用するため、長期連用はさまざまな副作用を起こしうるのである。重篤で注意すべき副作用を次に示す。

・耐糖能異常・感染症・高血圧・骨粗鬆症・骨頭無菌性壊死・動脈硬化性病変（脳梗塞、心筋梗塞、動脈瘤、血栓症）・消化性潰瘍・精神／神経障害・白内障・緑内障・低K血症・尿路結石・脂質異常症・膵炎・ミオパチー副作用でも、比較的軽症と考えられるものを次に示す。

・異常脂肪沈着（満月様顔貌、中心性肥満、野牛肩、眼球突出）・月経異常（無月経、周期異常、過多・過少月経）・皮下出血・紫斑・ニキビ様発疹・多毛症・皮膚線条・皮膚萎縮・発汗異常・白血球増加・不眠・食欲亢進・体重増加・浮腫・多尿これらステロイドの副作用への対策・対応も重要である。免疫抑制薬の中でもリンパ球の機能を阻害するカルシニューリン阻害薬には腎毒性があり注意する必要がある。

Ⅲ．寺山修司と「肝臓病」

まず、肝臓の病気ということで、肝炎について触れておきたい。肝炎は肝臓に炎症が起き、肝細胞が壊れて働きが悪くなるもので、その原因の約８割はウイルス感染によるものである。肝炎ウイルスに感染してもその多くは自覚症状がなく、知らぬ間に肝硬変や肝癌に150移行することも少なくない。続いて、肝硬変であるが、種々の原因によって生じた肝障害が治癒せず、慢性の経過で進行した終末像であり、非可逆的と考えられている。アメリカの小説家オー・ヘンリーはアルコール多飲による肝硬変で亡くなっているが、寺山の場合はアルコール多飲ではなく、ネフローゼの治療の際に受けた輸血に伴って起こる肝炎から肝硬変に移行していったのである。当初、原因となるウイルスは不明で、非A非B型肝炎と呼ばれていた疾患の1つであったが、1989年に米国でC型肝炎ウイルスが発見された。C型慢性肝炎と診断された場合、肝炎の活動度に応じて1～3ヵ月毎に血液検査を行い、肝酵素や血小板数のチェックをする。4～6ヵ月毎に腫瘍マーカーであるAFPやpivka－2の測定、肝臓の超音波検査やCTなどを行う。肝硬変に移行した場合、肝臓癌の早期発見、食道静脈瘤や消化管出血への対応、肝不全の予防などが管理上重要である。C型慢性肝炎・代償性の肝硬変に対する治療であるが、C型肝炎ウイルスの排除が重要である。それはすなわち非代償性の肝硬変を除くC型肝炎のすべての症例が抗ウイルス療法の治療対象となりうるのである。インターフェロン（IFN）治療に始まり、経口薬併用からさらに進化し、直接作動型抗ウイルス薬（DAA : direct-acting antiviral agents）と呼ばれる経口薬が開発され、IFNを使用しない治療（IFNフリー治療）が可能となった。このIFNフリー治療は、短い治療期間で、副作用もほとんどなく、100％近い著効率を示すものである。ただ、HCV遺伝子型および必要であればHCV遺伝子多型（変異）の検索を行い、想定される治療の有効性と安全性（他臓器への影響）などを考慮した上で治療法を決定する。

さて、寺山に関する書物には必ずと言っていいほど、「どす黒い顔」という表現が出てくるが、それについて少し述べてみようと思う。肝硬変になると黄疸がないにも関わらず、全身の皮膚に「病的な色黒さ」という色素沈着が認められる。サーファーの健康的な日焼けとは異なり、光沢に乏しく、どす黒さを含む褐色調の色調である。また、皮膚瘙痒感についてであるが、皮膚を掻きたくなるような不愉快な堪えがたい感覚で、掻破せずにはいられないものを指す。瘙痒は皮膚および粘膜に分布している知覚神経終末の刺激により起こるもので、肝疾患における瘙痒は、胆汁うっ滞を示す肝障害でしばしば出現する臨床症状である。

Ⅳ．寺山修司と「敗血症」

細菌感染症の1つで、皮膚や粘膜の傷や種々の臓器の病巣から、細菌やその毒素が血液中に入り、更に全身に広がって新しい転移性の感染巣を形成し重篤な症状を呈する病態であり、感染症に伴う全身性炎症反応症候群と定義される。未治療の場合、高熱、頻脈、呼吸困難、意識障害などが生じて急速に全身状態が悪化する。最終的には生命に関わることにもなるので、抗菌薬などを用いた迅速な治療が必要である。そのためにも血液培養で原因菌を同定しなければならない。この敗血症の原因を次に示す。

・人工呼吸器装着中の肺炎・抗癌剤や免疫抑制薬投与による白血球減少・中心静脈カテーテルの長期留置・褥瘡・腹腔内膿瘍・その他ここで、敗血症の診断のための指標を次に示す。

・体温（>38℃）または（>36℃）・心拍数（>90/分）

・呼吸数（>20/分）・末梢血白血球数（>12,000/μL）または（>4,000/μL）あるいは未熟型白血球>10%これら4項目のうち2項目以上を満たし、感染症が存在したり感染症が疑われたりする場合、敗血症と診断される。敗血症の中でも、臓器障害や臓器灌流低下または低血圧を呈するものを「重症敗血症」と定義し、意識混濁や乏尿、乳酸アシドーシスなどが認められれば、その診断の根拠となりうる。さらに、重症敗血症の中で輸液を十分に負荷しても低血圧が持続する、あるいは循環作動薬・昇圧薬を用いて血圧を維持する場合を「敗血症性ショック」と定義する。重症敗血症や敗血症性ショックに対する人工呼吸管理や循環作動薬・昇圧薬使用などの集中治療は必要不可欠であり、救命救急センターのある高次医療機関への搬送、高次医療機関での治療が重要である。罹患しやすいのは新生児や高齢者、糖尿病や透析中、手術後の患者さんなどいろいろである。基礎疾患を有していたり抵抗力や免疫力が低下していたりすると重症化しやすい。因みにGlobal Sepsis Alliance（GSA）は２０１２年より毎年9月13日を「世界敗血症デー」に制定した。

さて、寺山の場合はどうだったのか？主治医であった訳ではないのであくまでも推測である。１９８３年４月18日の夕方悪寒が出現、夕食後に39度台の高熱を認め４月20日頃に下痢が始まっている。その経過途中のどこかで消化管の穿孔が起きていたのかもしれない。原因としては、ステロイドの長期連用による胃・十二指腸潰瘍、虫垂炎、大腸憩室炎などさまざまな病気が考えられる。消化管の穿孔により消化管内の細菌が腹腔内に流れ込み、腹膜炎を引き起こすのである。それが最終的に敗血症へと続いていったと考えられる。ただ、途中途中の本人の状態、つまり腹部症状・腹部所見がどうだったのかが分からないので、正確な診断はできないのである。

４月22日の緊急入院以降の経過は壮絶なものであり、胸が詰まる思いである。

V．寺山修司と「病理解剖」

１９８３年5月4日、寺山はこの世を去った。多くの人に惜しまれながら突然に。永遠に見つからない隠れ家に身を潜めるかのように。寺山自身はマルチな才能を持ち、マルチに活躍したから悔いはなかったのか？まだまだやりたいことはあったのではないか？

さて、ここで、病院側が申し出た寺山の解剖を家族は希望しなかった、ということについて少し述べてみようと思う。解剖といっても司法解剖や行政解剖とは異なる病理解剖（以下、ゼク）というものである。１人の医師としては今後同じような病気の患者さんの診断・治療に生かすため、このゼクを行いたいのである。特に大学病院などでこの傾向は強い。診療・教育のみならず、研究機関でもあるから。

一方、１人の人間としてはどうかというと、ゼクをして患者さんの病気について詳しく知ったところで、患者さんが生き返るわけではないので、ゼクに対して積極的にはなれない。この両者のバランスによってゼクへの取り組み方が決まってくるのである。夏目漱石の脳が東京大学医学部標本室に保管してあり、その重量は平均より少し重い。沢山の言葉を生み出した寺山の脳もひょっとしたら重かったのかもしれない。

参考文献

『母の蛍―寺山修司のいる風景』寺山はつ（新書館、1985）
『不思議な国のムッシュウ』九條今日子（主婦と生活社、1985）
『思い出のなかの寺山修司』萩原朔美（筑摩書房、1992）
『寺山修司メモリアル［愛蔵版］』（読売新聞社、1993）
『コロナブックス　寺山修司』（平凡社、1997）
『花粉航海』（ハルキ文庫、2000）
『ロング・グッドバイ』（講談社文芸文庫、2002）
『寺山修司詩集』（ハルキ文庫、2003）
『我に五月を［愛蔵版］』（日本図書センター、2004）
『恋愛辞典』（新風舎、2006）
『寺山修司と生きて』田中未知（新書館、2007）
『寺山修司　劇場美術館』寺山偏陸（PARCO出版、2008）
『寺山修司入門』北川登園（春日文庫、2009）
『寺山修司　死と生の履歴書』福島泰樹（彩流社、2010）
『寺山修司に愛された女優』山田勝仁（河出書房新社、2010）
『洋泉社MOOK　寺山修司　迷宮の世界』（洋泉社、2013）
『別冊太陽　寺山修司　天才か怪物か』（平凡社、2013）
『寺山修司からの手紙』山田太一（岩波書店、2015）
『今日の治療薬2017』（南江堂、2017）
『治療薬マニュアル2017』（医学書院、2017）

『今日の診断指針』（医学書院、２０１５）
『今日の治療指針２０１７』（医学書院、２０１７）
『今日の臨床検査２０１７－２０１８』（南江堂、２０１７）１５３

第12章　田園の風景は、こぎれいではなかった

鈴木　達夫

寺山の残した映画たちの中で、初めて監督と撮影者として組んだのが「田園に死す」だった。

ロケハンで寺山と初めて青森・恐山を訪れたのが初夏の頃で、空は晴れわたって高く青く、森は緑が濃く、岩山は白く輝いてまぶしく、寺山の歌集「田園に死す」を読んで抱いていた恐山のイメージと余りにかけ離れていたのであっけにとられた。私は荒涼とした砂塵をふきさぶ霊場を想像していたので、これは、偽物の恐山なのじゃないかという気が一瞬したりもした。でもここで、一瞬とは言え偽物と感じたのは、その後寺山と仕事をしていく上で、都合が良かったのだと思う。彼の中で〝偽〟は、大きな位置を占めているからだ。俳句や短歌から出発して演劇や映画や競馬予想などいろいろなことをやってきたが、本当の自分とはどういうものなのかと問われて、寺山は「短歌を作った自分も、映画監督の自分も、それぞれ他人同士で、それぞれに繋がりがなくて、不連続に他人として共存しているのだと」などと言ったり、自分や親のことを語るときは、事実につくり話をまじえて素知らぬふりをしていたり、現実に虚構をもちこんで共存させることを愉しんでいた風がある。映画『田園に死す』にも、現実と虚構の素知らぬ顔の共存が全編にわたって見られる。どこかで見たことのある典型的な懐かしい日本の農村風景を、いる筈のない赤い着物に麦藁帽子の火種売りの少女が横切ったり、村の子供たちが走って行くよくある絵の向こうから、黒い神父服の男が山羊を引いて現われたり、母親がひっぺがした畳の下は恐山だったり！

ずうっと穏やかに予定通りに動いている日常の中に、非日常という違和感をもちこみ共存させてみせる。滞りなく行われている日常に邪魔をしたり、変化を起こさせたりするなどということは、彼をどきどきさせたに違いない。一つ一つで観客を驚かせ慌てさせながら、映画は、こんなことはあたりまえのこと、という様子で進んでゆく。

寺山の撮影台本は、彼のイメージの羅列である。私にとってその方が嬉しい。制約がないし触発されもする。台本を読み進んでゆくうちに、現実と虚構の共存をなんとか色で表現してみたいと思うようになった。特別の場合を除いて、本来人間の眼は、対象物を見る時あまり色を意識しないものだ。色を忠実に再現することを追求してきた結果、フィルムはより正確に色を映し出せるようになった。しかしなにげなく見ていたものを、スクリーンという限られた空間で、フィルムを通して切りとられた長方形の風景や人物として観る時、その中にある色が必要以上に自己主張しているのに驚かされる。これはフィルム本来の三原色（赤、緑、青紫）が、他の色よりも突出して見えてしまうからなのであろう。こういうことは防ぎたかったので、私の初期の作品では、撮影済のネガにもう一度光を当てる後露光（現在のフラッシング）と呼ばれる方法を全編に使ったり（『母たち』松本俊夫監督）、順光を避けて逆光で撮ったり（『処刑の島』篠田正浩監督）して、生々しい色の再現を抑えた。現実の色を素直に再現したものは殆どない。私は寺山の台本から、色彩に関して更に工夫し、冒険したい衝動に駆り立てられた。

タイトルバックの恐山の本堂は、寺山の台本には「荒涼たる恐山の霊場」とある。実際は、冒頭に述べたようなあっけらかんとした明るさに充ちていたので、全体にパープルのフィルターをかけ、屋根の反射が左右同じになる時間を待ち、赤と白のスモークを流し、手前の仏壇には赤いライトを当てて全体の雰囲気を沈めるようにした。

彼が自分の少年時代を置いた恐山、彼の原風景であったろう恐山を、フィルムを通して観た時、寺山はどう感じたのだろう。

「現在」の場面は、どういう色で表わせばいいか、迷ったところだ。

「少年時代の私と出会って、私は無性に腹立たしくなるのを感じた。田園の風景は、あんなにこぎれいなものではなかった。おふくろは、子供の私を、私を座敷牢に閉じこめようとしていたし、隣の人妻だって、私の考えていたような憧れの人などではなかった。私の少年時代は私の嘘だった」

「現在」の場面で青年はこう語る。ああだったらいいのになと思っても、到底実現不可能なことは諦めてしまうのが普通だが、寺山はそれをいともたやすく実現させてしまう。彼の略歴には、堂々と彼の好きな偽の生年月日や、偽の血液型、父親の偽の職業などが記されているのだ。こういうことから寺山の言う嘘とか偽は現実でもあり、現実は嘘や偽でもあるのだ。ここをどのように表現しようかと考えた末、脱色してみようと思いついた。その当時の色を脱色してゆく方法は、次のようなものだった。カラーネガと、カラーネガからつくったモノクロネガをかけ合わせ、その二つのネガのパーセンテージで色が決まるのである。ある一つの色だけを残し、他を脱色したこともあった。しかしこの方法は予算上無理ということで、ここではモノクロネガフィルムを使うにとどまり、後の寺山作品『草迷宮』で陽の目を見ることになる。最近では、これらの技術はテレビでも映画でも、簡単な作業でできるようになっている。

サーカスの場面は、寺山の演出ノートによると、

「サーカスは、一般化された社会性（たとえば、労働集団の比喩）として描くべきか、あるいは、まったく空想的現実（イメージとしてのエロス）として描くべきか」

となっている。私は、寺山にとってのサーカスは、社会性であり、脱出の試みであり、都会であり、又、彼の少年時代の宝箱であると思うので、数種類の色フィルター（当時は撮影用の色フィルターはなかったので、照明用のを使用した）をアットランダムに貼り合わせたものをつくり、これをマンダラと称して、寺山のイメージを具現しようとした。

唯一、ノーマルの色にしたのは、隣の嫁、化鳥の場面である。寺山の憧れや愛が、素直に出ているところだったと思ったからだ。寺山と映画をつくるという作業をしていて感じたのは、彼は、彼が言ったり書いたりしているのとはまた別の、非常に常識的な顔をもっているということだった。彼に言わせれば、この顔をも、不連続に共存している他人の一人に他ならないのだろうが。この顔の彼があってこそ、短歌が詠め、芝居や小説が書け、競馬予想やボクシング評論も

でき、映画も撮れたのではないだろうか。

その他の場面、たとえば化鳥と少年が朝靄の中を家出するところや、魔性の女の誘惑するところや、岩の上に積まれた石のカットなど、多くのところで色フィルターを使っている。オレンジ、パープル、グリーン、イエロー、場面によってはレッドも使った。色フィルターをかければ色が出すぎるのではないかと思われそうだが、確かに色は出てくるけれども、全体に同系色になることによって、見た時に色がバラバラに眼に飛びこんでくることがなく、落ち着きを感じさせる効果を与えてくれるのだ。

ところで18年前とはいえ、60人のスタッフ、キャストを抱え、制作費８００万円で映画をつくるということは大変なことだった。主人公の家や化鳥の家は実際の古い民家を使ったが、ライトが二十キロしか使用できず、黒光りのする引き戸や囲炉裏や柱などは光を吸い込んでしまって反射しないので写りにくい。

「たった一つの嫁入り道具の仏壇を義眼のうつるまで磨くなり」

という、母親のテーマでもある短歌の通りには、残念ながら、仏壇は光らせられなかったし、母親の象徴である家の、妖しい年輪を表現できなかったことも悔やまれることの一つである。残念をついでにもう一つ、二つ。「現在」の青年が、過去の時代に戻ってくる場面で、できれば、田圃の中に大きな穴を掘り、その中から出て来るようにしたかったのだが、資金不足で諦め、やむを得ず現地にあった用水路を利用したことや、後半の、私と20年前の私である少年が向き合って将棋をさしている田圃の場面では、前景の二人の後景で、並行してさまざまな寺山好みのストーリーが演じられているのだが、観客に十分伝わったか懸念されるところなどがある。

それにしても、寺山のからくり箱の中は、どうなっていたのだろう。持続性のないストーリーが押し合いへし合いの共存していたのだろうか。永久に陽の目を見ることのない寺山の水子たちが哀れだ、というより勿体なくて仕方がない。

参考文献

『寺山修司　青少女のための映画入門　寺山幻想映像の招待』（ダゲレオ出版、１９９３）所収（８２～８４頁）

第Ⅱ部

第13章　体現帝国第11回公演『奴婢訓』論

毎日新聞記者の山田泰生さんに『奴婢訓』の公演後、感想を聞かれた。その際、その印象について「最初は良かった」と答えた。その理由は『奴婢訓』は、寺山の作品の中で、もっともよく知られた芝居のひとつで、これまで、劇の展開パターンを何度となく見て、とうに見飽きてしまった作品の再演だったからだ。

フランソワーズ・サガンの小説に、冒頭の幕開きで、最初の台詞が言えるかどうか悩んでいた女優が、幕が上がると同時に、最初の言葉が、口から出た瞬間、忽ち、次から次へとよどみなく言葉が出てくる。

「そんなふうに考え始めてはいけない、そんなことをしたら気違いになってしまう」

これは、マクベス夫人がダンカンを暗殺した後の台詞を、サガンが『一年ののち』（*Dans un mois, dans un an*, 1957）で引用したエピグラフだ。

『奴婢訓』では、台詞ではなくて、役者が、上演前、化粧台に向かってメイクする場面があり、そこから芝居が始まる。この王位を纏うシーンは、これまで何度も、何度も、見慣れた、化粧場面であったが、違和感を懐いてしまった。例えば、J・A・シーザー演出の幕開きは、フェルメールの絵画でいえば、画家がモデルを描こうとして、観客に後ろ向きになって、絵の具のパレットを握ってモデルの女性を見つめている。だから、画家の顔が見えない。J・A・シーザーのメイキャップシーンはフェルメールの見えない画家とその絵筆の動きを感じさせた。

今度の渡部演出の幕開きは、これまでの演出とは違うぞという期待で膨れ上がった。けれども、次の瞬間、その期待は、これまで何度も見てきた、主人公の地位の剥奪の緊張感は微塵もなく、あっけなく、肩透かしを食わされ、期待を裏切られたと言う気持ちにかられた。

そうでなくても、これまでに、『奴婢訓』に限らず、寺山の多くの作品で、主人公の不在を、何度も何度も繰り返しみせられてきた。

一言で言えば、渡部演出は、主人公の不在を、最初の幕開きで、例えば、雷が、突如、主人公の頭上に落ちて、身体の部位は一瞬で悉く砕け散ってしまうという迫力に欠けていた。

寺山には、何故か、負け犬の栄光が、レッテルのように貼られてきた。アラン・シリトー作『長距離ランナーの孤独』(*The Loneliness of the Long Distance Runner*, 1958)ではコリーンがゴール寸前で突如わざと走るのを止める。これは、寺山の好きな「負け犬の栄光」である。

『奴婢訓』では、館の主人がメイクを召使にして貰っている最中に、突如、主人の衣装を、他の奴婢によって剥ぎ取られ、乱暴に玉座から蹴落とされる。

また、他にも、思い出されるのは、ブレヒトの芝居『ガリレオ・ガリレイ』(*Leben des Galilei*, 1943)で、貧相な身なりの男が、豪華な法王の衣装を一枚一枚羽織っていき、ただの下人から、最後に華麗なローブを身に纏い、独裁者的な法王に変身する芝居がある。その場面のカリカチャーを『奴婢訓』冒頭で、館の主人の衣装着せ替え場面を思い出させる。

寺山の芝居には、役者のメイク一つにも、様々な、どんでん返しが隠されていて、その奇想天外なメタモルフォーゼに、観客は、驚かされ、観客自身が、寺山版『裸の王様』を楽しむ事になる。

寺山にとって、「王様は裸だい」と言った子供はなんと想像力の欠けた子供だということになる。その子供には、「雨の雫のレースで編んだ王様のローブが目に入らないのか」と。実際、寺山は、雨の雫で編んだ王様のガウンをアニメーション映画で作った映像を残している。

寺山版『青ひげ公の城』でも、舞台には、青ひげ公が最初から最後まで姿を現さない。芝居の最初から最後まで、舞台のどこかに隠れていて姿を現さないのだ。

寺山にはかくれんぼを詩や芝居にもよく使う。処女作『青森県のせむし男』でも、松吉が幼友達とかくれんぼしていて、鬼が隠れているのに、他の子供たちは気が付かず皆帰ってしまう。かくれんぼの鬼ごっこは『田園に死す』の冒頭シーンで、鬼役の子供が眼を開けると、一瞬のうちに時間が何十年も過ぎ去って、友達は戦争に行って、死者となり、亡霊となって故郷に帰って来る。そんな死者の亡霊が、廃屋に集まって住みついているのが遠い山奥のお化け屋敷である。

寺山はかくれんぼを短歌や俳句に歌い劇にもよく使う。レオン・ルビン教授がエクササイズでかくれんぼの遊びをよく使ったものだ。だから、英米人が日本人を相手にした講座のエクササイズでよく使うゲームのひとつである事を思い出した。

ルビン教授のかくれんぼのエクササイズで何処かに身を隠した役者が何時まで経っても出てこない場合があった。どうやら、日本人には、ドラマのエクササイズと遊戯のかくれんぼとの識別が出来ないのは何故だろうかと気になった。もしかしたら、寺山は日本人特有の性格を隠れるという行為に他の外国人と違う性癖を見出していたのかもしれないと思った。天井桟敷の役者の出入りも激しかったと聞く。

以前、北海道の人で天井桟敷に属していた霜田千代麿さんが、退団して、何年も姿を消していたが、寺山が北海道公演に行った時、彼の姿を見つけると懐かしそうに大声で「千代麿、今までどこに隠れていたんだ」と言って、忽ち旧知の仲を回復したエピソードを興味深く話してくれた。

だから、逆に、寺山も、かくれんぼを、日本固有の文化である俳句や短歌のように芝居のエクササイズに使ったのかもしれないと思った。

また、寺山が、ジャン・ジュネの『女中たち』が大好きで、自作の『毛皮のマリー』にも劇の中身を変えて応用している。マリーが帰宅する迄、息子の欣也少年は、隠れていて、マリーのように女性の衣装を纏おうとする誘惑と戦っている。

ジャン・ジュネの芝居『女中たち』から、寺山は影響を受けて『毛皮のマリー』を作劇したが、寺山演劇の作風が初期の素人風な単純な芝居から、大掛かりな舞台装置にかかわる転換点で、サーカスの危険な軽業を取り入れた。その理由はジュネ自身がサーカスの危険なアクロバットであったけれども、あえて自分の芝居に取り入れたのを、寺山も危険を承知で取り入れようとしたのが原因のひとつであったろう。

やがて、寺山自身も素人風な芝居作りから、より危険を伴うアクロバット式軽業を取り入れて、役者を宙にぶら下げたり、口から火を噴く演技をさせたりした。けれども、その結果怪我人が続出した。

『毛皮のマリー』のラストシーンで、マリーが欣也少年をメイクして少女に変身させる場面がある。そのように『奴婢訓』では、反対に、冒頭の場面で、奴婢が、代わる代わる屋敷の主人に変身しようと、命がけで化粧する姿と欣也少年のメイクが重なっている。

渡部演出の『奴婢訓』の幕開きは、『毛皮のマリー』で欣也少年が蛹になって蝶に変身するように、醜い奴婢が順番に主人の衣装を纏って主人に変身していく幻想世界に膨らませていく。そして、シャボン玉が一瞬に弾け散って消えてしまうように、奴婢たちは主人に変貌しながら、その幻想を、一瞬のうちに仲間の奴婢たちによって粉々に潰され砕け散ってしまうのである。

寺山の幻想劇の中で、『奴婢訓』が際立っているのは、劇中、宮沢賢治の『春と修羅』からの引用であろう。「青い炎という現象」というのは宮沢賢治の自然科学からの引用である。また「青い炎という現象」は電球の明かりを思わせるが、具体的には、古い廃屋に住む幽霊の換喩を指すのであろう。だから、宮沢賢治の童話に出てくる風の又三郎のような自然現象を擬人化した登場人物たちと寺山の『奴婢訓』の登場人物とは似ている。

ゴーシュの台詞のひとつひとつに番号がつけてあるが、観客は、番号が何を意味するのか気になる。昔、シェイクスピアや歌舞伎の役者たちは、台詞を短冊のように書かれた紙を一枚一枚渡され、自分の番が来た俳優はその台詞を順番に発話する。つまり、寺山は近代劇のようにインプロビゼーションに依拠したスタニスラフスキーシステムを嫌い、そのメッソドを否定する無機質な台詞回しを浮き彫りにし、実体のない幽霊のような存在を表わしたかったのであろう。

そもそも英国の軽演劇には、ルイス・キャロル作『不思議な国のアリス』のような少女向きの童話を、茶番劇に仕立て直して、イギリス固有のヴォードビル風な抱腹絶倒のふざけに味付けにして作り替え、不道徳な伯父さんのピエロたちが美少女を散々からかう戯曲テクニックが見られる。ダリアにも、卑猥な下人たちが加える暴行にも同じ手練手管が見受けられる。

ダリアの物語は、元々オリジナルは牧歌的な小説であるが、元の童話では、アリスのような童話の筋立てになっている。だが、『奴婢訓』ではコケティッシュなダリアはロリコン趣味の奴婢たちによって散々弄ばれる。

当時、ミシェル・フーコーの『監獄の歴史』が発表され、寺山はユミ・コヴァース夫人の通訳を介して、フーコーと対談をしている。牧歌的な中世の物語も、フーコーが『監獄の歴史』に描いた残忍な死刑執行の事例を1つ1つ読むと、忽ち、ダリアの足に馬の蹄鉄が打ち込まれる残酷なシーンが繰り広げられてゆき、未開の東北の奥地の山間地で展開されていった猥雑なリアリティーが浮き彫りにされていく。

寺山は処女作『青森県のせむし男』でマツが我が子のクル病の松吉を見て驚き、殺害して川に捨てて流す場面を書いた。戦前には、近親相姦を禁じる法律がなく、身体障碍児が生まれると、乳飲み子は駆け込み寺に預けられるか、間引きされてきた。いっぽう、サミュエル・デフォーの『モルフランダース』(*Moll Flanders*, 1722)では、近親相姦で生まれた子供たちが、ヴァージニア植民地の新大陸で法の支配を受けず逞しく成長していくさまが書かれている。

何よりもまず、寺山はデフォーの『ペスト』を自身のドラマ『疫病流行記』に書いている。或いは寺山は『畸形のシンボリズム』等で、奇形児を論じている。しかしながら、スエーデンボルグの神秘思想に感化された身体障碍者のヘレン・ケラーの世界を研究した荒川修作の『死なない子供』にまで踏み込む時間はなかった。

体現帝国の役者たちはよく動き回った。寺山の芝居でただひた走るだけの芝居がある。１９７２年のミュンヘン・オリンピック大会ではマスゲームが催される予定だったオリンピック芸術祭での野外劇『走れメロス』である。その『走れメロス』のように体現帝国の役者たちは実によく走り回った。しかし、走ることに体力を使い果たし、そのぶん、音声の声量に難があった。

ロイヤルシェイクスピアカンパニーのエクササイズでは俳優が全速力で走りながら数ページに及ぶ台詞をワンブレスで発話するエクササイズがあり、このエクササイズを修得するのには10年以上かかると言われる。

実際、シェイクスピア劇を演じた市原悦子は、「俳優になる前に、十年間マラソンをする必要がある」と説いた。

寺山の代表的な芝居には、必ず新高恵子が登場した。なかでも、彼女の声は、力強く、艶があり、心臓に突き刺さるようなエネルギーに満ち満ちていた。筆者は、数年前、天野天街脚色の『レミング』を英訳した。その中で、天野は影山影子役の新高恵子の台詞を、7倍に増幅し、更に、録音テープで7倍に増大させた。新高の台詞を生声と録音の声をそれぞれ7倍に増幅させて、舞台を動き回るのに、最適な方法となれば、アニメーションの動画による効果の助けを借りなければならないであろう。

2023年9月23日名古屋市千種小文化劇場「ちくさ座」で上演された、諏訪哲史作・天野天街演出『りすん』では、役者の地声を、スピーカーで何倍にも増幅させ、更に、録音装置の音量で何倍にも拡大して、瀕死の患者の臨終シーンをよりパセテイックに演出するのに成功していた。

2013年パルコ劇場では寺山修司作・天野天街脚色『レミング世界の涯まで連れてって』の公演があり、常盤貴子が演じた影山影子の声量は宝塚出身の声に期待が寄せられた。だが、かつて、新高恵子の艶のある、しかも、胸にビンビンと響き渡る声は、彼女以外に求めることは不可能に思われた。新高恵子が現役で舞台に立っていた時の、彼女だけの声を聞く事が出来た、しかも生舞台だけで味わえる生きた芝居であった。

関係者に聴けば、新高恵子は、寺山修司の芝居に全て生命をかけていたので、寺山の分身そのものだったと言われる。「裸になれ」と求められれば、すっぱりと裸になり、個を捨てて、寺山の出す要求そのものになり続けた。正に、寺山の言霊になったのが女傑女優新高恵子であった。

J・A・シーザーは寺山修司の劇の音楽を担当した中でも抜きんでた才能を発揮したミュージシャンであった。まさに、渡部に欠けていたのは、新高恵子の声質を持つ女優がいなかった事であり、シーザーの言葉を音楽に化した声質の女優であり、音楽と声質と光が融合して不思議な魅力を発散する舞台空間であった。

けれども、渡部の若さと演出に勝る演出家は現在他に居ない。是非とも、演出家としての才能を発揮して先人のレガシーを受け継いでほしい。中には、鈴江あずさんのような声量もあり、他に、フラメンコの師匠である加藤おりはさんと共に踊りを披露している女優さんがいる。

流山児さんは渡部演出を絶賛した。それはやはり、『奴婢訓』の冒頭場面の主人が丸裸にされ王座から真っ逆さまに蹴落とされる場面ではなかったか。

流山児さんは渡部演出の『奴婢訓』の様々な場面を取り出して称賛した。そこで、『奴婢訓』の台本を読み返してみた。舞台は東北の荒涼とした廃屋である。これは、黒澤明監督の『蜘蛛の巣城』の世界である。だが寺山が黒澤明の『蜘蛛の巣城』に共感したのでは決してない。実は、寺山修司が16歳の高校2年生の時に自ら創刊した『牧神』に書いた『マクベス』論の中の引用にある。

Sleep no more, Macbeth does murder sleep.

寺山は、シェイクスピアの『マクベス』からソネットを学んだ。寺山演劇の根底にあるのは、奈落の底に突き落とされた敗者の怨恨である。マクベスの居城はイギリスの北国スコットランドのオーネーシーにある。マクベス夫人は、昔、前の夫と子供を敵のマルカムとの戦に敗れ、殺された。だが復讐を誓ったマクベス夫人はその後マクベスと再婚して、再びマルカムと弔い合戦に備える。しかし、マクベスもマクベス夫人もその子も、マルカムに敗れ皆殺される。

寺山が、この世のどん底に突き落とされたマクベスの台詞の中にソネットを見つけて、16歳にして詩人・寺山が心の中に誕生する。

マクベス夫人は、ダリアである。『奴婢訓』の台本を再読した時、そのように感じた。というか、最後の場面でダリアは足に馬の蹄鉄を噛まされる。その時、シェイクスピアの描いた悪女の中の悪女、マクベス夫人の怨恨が、寺山の心に浮かんだのではないかと考えたのである。

女優の登竜門として、マクベス夫人を演じることはもっとも難しい役どころのひとつであると言われてきた。そして、寺山は、新高恵子にその悪女を演じさせた。

体現帝国の『奴婢訓』は、冒頭のところで、マクベス夫人が拭うことの到底出来ない怨恨に欠けていたと言わざるを得なかった。そうでなければ、『奴婢訓』は詩人寺山修司の芝居とは言えないからである。

第14章　流山児祥が愛した寺山修司

２００８年当時、流山児祥さんに東京で初めてお会いした頃、寺山修司作『無頼漢』や『花札伝綺』を演出していた。その当時から、寺山修司をどのように思っているのかと、ずっと直接本人から本心を聞いてみたかった。

その後、２００９年11月６日、名古屋の演劇大学：ｉｎ愛知で寺山修司の特集があり、寺山修司作・鹿目由紀演出の『ある男、ある夏』を上演し、馬場駿吉氏に依る「シュルレアリストとしての寺山修司」の講演会があって、そしてまた、流山児さんを中心にしたシンポジウムがあった。あの当時、流山児さんは寺山修司の演劇を牽引する実力者の風格があった。

その当時、Ｊ・Ａ・シーザーが、劇団万有引力を立ち上げ、立て続けに寺山修司の作品『奴婢訓』や『くるみ割り人形』等を上演していた。また、九條今日子がテラヤマワールドを設立して、三沢の寺山修司記念館や東京渋谷パルコ劇場で『中国の不思議な役人』や『レミング世界の涯まで連れてって』等を次々と上演していた。また、金守彦さんが率いる新宿梁山泊で寺山修司の芝居『伯爵令嬢小鷹狩掬子の七つの大罪』や『青ひげ公の城』を連続上演していた。更に又、劇団池の下の長野和文さんが緻密に組み立てた芝居『中国の不思議な役人』や『狂人教育』は高度な演出技術に支えられた上演が続いた。

こうした寺山修司の作品の公演の歴史の中で、他の演劇人よりも流山児さんの寺山公演が強く印象に残るのは一体何故なのだろうか。

流山児さんから「『花札伝綺』を海外で上演するので字幕用に英訳してくれないか」と筆者は頼まれた。１９９４年ロンドン大学のデイッド・ブラッドビー教授のセミナーで『邪宗門』を英訳して上演もした経験があったので引き受けた。

寺山のスタイルはアヴァンギャルドの文体で自動速記術のような文章を羅列しただけの台詞が洪水のように繰り返されるので英訳するときには困惑した。しかし、逆に『花札伝綺』の英訳の場合は戦前の擬古文調のスタイル式な古語を訳すのに苦労し、先ず原文を戦後の現代日本語に訳してから、次に、現代英語に訳した。しかも、七五調の文体が多くて手こずった。主語と動詞の無い言わばトルソだけの俳句・短歌には、主語と述語に当たる手足を探しだし、それを足して躰に組み立て文章にしてから英文に訳した。

エーリヒ・アウエルバッハの『ミメーシス』には、ボッカチオが一時代前のダンテがトスカナ地方の方言で書いた『神曲』を当時のイタリア語に訳す例があるが、そのように、筆者にとって、寺山修司は同時代人でありながら、戦後の日本語にはない、いわば、戦前の日本語の文章や古めかしい言い回しの短歌や俳句を、戦後の所謂アメリカ軍に占領されて影響を受けた翻訳調の日本語に翻案して、その日本文を英訳するという方法を取った。

以前、筆者は歌舞伎を上演する前進座に在籍していたが、歌舞伎博士の藤野義男先生の歌舞伎論を研究しながら、プロンプターを務めていた。そういう次第なので、役者の台詞を聴き、台本の台詞を同時に読みつつ、間髪入れずに、役者に台詞を口伝えした経験があった。

鶴屋南北作『奴の小万』（1970名古屋中日劇場公演）で当時、嵐芳夫（六代目嵐芳三郎）が裏声で朗々とオペラで言うカストラートのような音域の声を響き渡らせ、この世のものとも思われない、それでいて色気を超越して音に表わした言霊には今尚心の奥底に鳴り響いている。

〽言うに言われぬ仕儀となり謀られたが身の因果〽

こうして、何故か、更にまた永井荷風を偲ばせる戦前の文体で書かれた台詞を現代日本語に転換し、且つ又さらに英語に訳しながら、同時に擬古典的な日本語に迫るヒントを度々行間に感じ、寺山の書いた台詞を現代日本語に直して、それから英訳した。

今度、２０２４年に、寺山作の『疫病流行記』を英訳していて、探偵が出てくる場面に出くわした。『花札伝綺』にも同じ探偵が出てくる。しかし、双方の探偵を比較すると、同様に死者たちや霊界を扱いながら、日本の戦前の世界と戦後の世界という時代的な、且つまた、時間的な流れの違いがあるせいか、扱っている世界空間と時代の流れが異なっている事に気が付いた。

『花札伝綺』の探偵は、大正ロマンに出てくる竹下夢二の時代背景があり、『疫病流行記』の探偵は戦後の感染症が蔓延するセレベス島に現れる。

流山児さんとは、英訳を巡って嵐のような激論を交わした。その後も、請われるまま、鹿目由紀作の『愛と嘘っぱち』や天野天街脚色の『田園に死す』を英訳した。

今度、アウエルバッハの『ミメーシス』を再読して、思い当たることがあった。それは、寺山は筆者とほぼ同時代人であったが、実際研究することになったのは、寺山が１９８７年に亡くなった後からであり、しかも、イギリスのロンドン大学で、デヴィッド・ブラッドビー教授の教示で１９９４年に寺山修司を研究することになり、早速英訳を試みた時からである。ブラッドビー教授はスリランカ・コロンボ生まれの英国人であり、仲間の大学院生も殆どがイギリス、アメリカ、フランス、ドイツの大学院生たちであった。ヨーロッパ人に日本の劇作家、寺山修司を紹介するにあたり、同時代人でありながら、既に亡くなっており、日本の劇作家であるけれども、戦前と戦後を跨ぐ人でもあり、資料でしか足跡を辿れない人になっていた。

流山児さんは寺山と一緒に仕事をした演劇人の一人であったが、寺山を調べることは、同時に流山児さんを調べることにも繋がった。殊に印象に残ったのは、流山児さんが演出した『桜の園』であった。旧ロシアが崩壊する中でラネーフスカヤ夫人の家族が自堕落になり、サーカス一団を家族主催のパーテイに招いてアクロバットを展開するところがある。その雰囲気は、寺山が『奴婢訓』の舞台で繰り広げるアクロバットに繋がる重要なモメントであった。

また、今度、寺山の父・八郎がセレベス島で、敗戦を迎えた際に感染症で亡くなった時代を調べるうえで、参考として『ミメーシス』で描かれているイタリア・ルネッサンスの渦中に、ボッカチオが一時代前にダンテが書いた『神曲』を校訂していた時代と重ねて考えたことであった。

ボッカチオは当時イタリアのコレラの流行でナポリからフィレンツエに帰り、図書館でダンテの『神曲』の貴重な文献を発見し、校訂することになった。

ダンテはイタリア・トスカナ地方の方言で『神曲』を書き、ボッカチオはトスカナ地方の方言を修得しながら、ダンテの『神曲』に書かれた詩を読み解き、その成果が現代イタリア語誕生の礎になったと言われる。

つまり、時代が異なり、言語も異なるダンテの『神曲』を校訂しながら、ボッカチオはダンテの『神曲』に偉大な詩を同時に発見していった。

それにしても、思い出すのは本間久雄博士著『英国近世唯美主義の研究』であり、その基となったウォルター・ペーター作『ルネッサンス』の影響である。本間博士もまた『神曲』研究に生涯を捧げた。

他方、戦後生まれの筆者にとって、寺山は、戦前の人であり、進駐軍支配下の日本語がアメリカ文法の翻訳調に影響された時代に日本語を学んだのであり、寺山が書いた幾分古めかしい文体を、現代日本語に翻案し、更にそれをアメリカ英語の文体で英訳することは、幾分ボッカチオがダンテの『神曲』の校訂作業と似ているのではないかと感じたのである。

それに、寺山修司の『疫病流行記』はボッカチオの時代と同じように主人公の麦男はペストに感染する。寺山の父八郎がセレベス島で感染症を患い戦病死したことはほぼ間違いなく、ダンテは旅先でマラリアに罹り死ぬ。ダンテが旅先でマラリアに罹り亡くなるのは八郎が戦地でアメーバ赤痢による感染症で亡くなるのと状況は幾分かではあるが似ている。寺山は最初、第二回短歌特別賞受賞となった作品の題名を最初『父還せ』と名付けたが、後に、中井英夫のアドバイスにより題名は『チェホフ祭』に変更した。そこで歌われるのは実の父親・八郎のことであり、ボッカチオが慕うダンテとこの点が似ている。

最初に流山児さんに東京で会ってから、16年余り経つ。東京で会うと、幾分身体が小さく感じるので、不思議な感じがしていた。本人は、「東京にはライバルがたくさんいるから、身構えるんだ」と答えた。

ライバルと言えば、流山児さんと一緒に、同じ、ザ・高円寺近辺の劇場で、演目は異なるが、寺山修司の作品の殆どを上演した高取英がいる。寺山修司の自伝を書き、寺山修司の全作品を殆ど上演し、俳句、短歌、詩、小説、評論を網羅した事典を刊行した。

現在ＡＩの時代になり、寺山修司作であるが行方が知れない作品がネット上に出回る昨今、高取英の『寺山修司全作品事典』は新しく発見されたとされる珍本の真偽を測るうえで、三沢市寺山修司記念館や青森県図書館が所蔵する資料をはじめとする貴重な文献のひとつになっている。

高取英が演出した寺山関係の作品は大方観劇したが、流山児さんのように、彼自身から寺山修司の作品を次々と英訳する依頼はなかった。そうこうするうちに、高取は虚血性心疾患 で、あっけなく鬼籍に入ってしまった。最も頻繁に、寺山修司に接近し、自身の劇団、月食歌劇団を率いて、舞台稽古迄見せていただき、筆者が、大学院生の頃、福田恒存の現代演劇協会でシェイクスピアや近代劇の稽古を見学した状況を話すと、矢継ぎ早に、根掘り葉掘り質問してくださり、更に又、筆者も高取英論を幾つか書いたが、何故かそれ以上の交際には発展しなかった。長命であれば寺山修司の後継者と目された知の巨人であった。

いっぽう、流山児さんはといえば、東京で、寺山の芝居『無頼漢』をブレヒトの『三文オペラ』風に翻案して演出していたのが奇妙に感じた。その後、『花札伝綺』をいっそう『三文オペラ』に近づけ、解釈して上演した。更に『狂人教育』上演では、人形劇なのに、生人間に拘り続けた。ちょうど、『邪宗門』の幕切れで、生人間の役者が、人形遣いに絡めとられ身動きできなくなり、終いには、悪夢のような金縛りにあって、人形に変身していく演出を見届けた。

その後、流山児さんは、天野天街と組んで、『田園に死す』や『地球空洞説』を次々と上演した。

今度、名古屋の七つ寺共同スタジオで『奴婢訓』の上演があり、その後で流山児さんに会い講演をお聞きし、今まで聞きたいことが山ほどあったので、胸の堰を切ったようにあふれでてしまった。更に、講演会だけでは物足らなくて、劇場の近くの居酒屋で、流山児さんの肩肘張らない気を許した感じにほだされて、夜が更けるのも忘れ至福の時を過ごした。

第15章　寺山修司氏インタビュー：「時間体としての劇場」 1979年8月29日

※このインタビューは「第1次演劇団解散前」に流山児祥と当時「演劇団」の劇作家であった山崎哲の2人が寺山修司氏に行ったものである。インタビュアーは流山児祥、構成は山崎哲。

流山児　70年代ってのは、劇場じゃないもの、たとえば、テント公演なんだけども、売り物ではないものが売れてしまったという見方ができると思うんですが、そのへんからひとつ。

り、殴り合いがあったりするようなやつをずっとやってきた。それがあの頃、わりに自然だったということがあるのよね。

そういうふうな延長のものが、そういう形で持続できなくなってきて、紀伊國屋ホールで『観客席』という芝居をやったんだけど、突然、客が椅子を奪いあったり、アジったり、幕が上ると何にもない、柏手して終るとまた幕が上ってなにもないことを、永遠に繰りかえしたりね。それから、場内アナウンスで「只今から――を行います。非常の場合にはどうぞ勝手に逃げて下さい」、そういうアナウンスをさせたりね。そういうことをやって、劇場とかいうものに集まってくる観客というもの、今までは役者がスケープ・ゴートだったんだけど、「観客がスケープ・ゴートだ」という考え方に切りかえたり、ということがひとつあって、それは、ある意味では知的操作というものに、どんどん退行していっちゃうわけよ、そうやっていくとね。

流山児　すると、寺山さんにとって、役者のイメージはどうなってるんですか?

寺山　俺は、役者というものが最終的にはなくなるんじゃないか、という感じがあるわけ。そのへんが、だから、流山児みたいに役者をやりながら演劇をやっている人間と、最終的には多少相入れないかも知れない。俺は役者というものは替りの人間だという気がしてならないのよね。それは、土方巽に典型的にみられるように、自分自身を供物として捧げるという形で、そこに対象化するものがなにか必要で、それをみてるとね、いつかは客同士がなにか始めるというふうになって、役者がなくとも演劇ができるようになる、客が殺伐とホントに犯罪をおこしたり、突然、知らない男女がナ二をやり始めたりというふうな、「一種の市街ブランキズムみたいなものが劇場のなかにそのまま持ちこまれていく」、というふうになってもいいんじゃないかというものがある。

流山児　初め、寺山さんは土だと思う。それからコンクリートになっていった。

寺山　それがやっぱり本当なんだよね。

ただ、コンクリートもめくれば土なんだけど、コンクリートの方が肉体に対してさ、非常に加虐的でしょ。

土と肉体というのは、やっぱりどこかで融和するんだよね。土方巽なんかと昔いっしょにやってた頃に、土方は最終的にはやっぱり土で、あいつの子供はコメとムギっていうんだからね。（笑）あいつは陽の光があたっちゃダメだというんだけども、やっぱ、隠花植物的に土がないとダメなのね。それでいながら、陽が射さない方がいいわけよ。俺は、バラバラに干乾びてさ、「コンクリートのうえで肉体が水けを衰（うしな）っていく」という、そういう感じがあいつの体をみてるとするわけね。

流山児　それは、寺山さんが映画的だからじゃないんですか。

寺山　いや、映画ってのはなるほど「甘い生活」だけど、表現としてダメだと思う。多少才能があると、映画は上手く出来ちゃうんですよ。芝居やって演出である程度仕事しているやつは、みんな映画の悪口をいうね。そりゃ流山児が、上海か浅草か知らんけどね、白いスーツか軍服きてやるんならいいと思うよ。（笑）だけど、客を騙し自分をだまし、という割り切りがないと（映画は）出来ないね。

流山児　寺山さんは短歌からはじまって初期の台本はかなりコトバが重くみられてる。で、最近はコトバが極端にそがれていってると思うんですけど、劇のコトバについては？

寺山　コトバというのは、舞台の上でいう時にはさ、全部聞こえることを要求された場合にはさ、泣き声も叫び声もダメでね、あるニュートラルな発音でしか使えないわけよ。すると、あの高さであの広さにあう発声法で俺たちがコミュニケーションすることは何だろうか、猥談は言えないでしょ？　そう考えていくと限られた感情しか伝えられないということがひとつある。それと、俺たちは普段こうやって喋ってる時には、三分の一くらい聞き洩してるわけよね、それでも意味が成り立っていくわけだから。外人と話してると殊更そう感じる、そんなに喋ってて半分はわかんないけど、用は足りたなって思う。そういうふうに、コトバってのは半分以上はいらないことを喋ってるわけね。

　とさ、コトバを使うことによって身体を停めるよりは、身体を動かしてコトバと同じ効果を伝えるほうが絶対いいんじゃないか。それから、俺はシュールレアリズムのものが子供の頃から好きだったんだけどね、夢のなかで本当にコトバを喋ってるかどうか、ということを考えるとさ、夢のなかで誰かがハッキリした発音でなにか喋ったのを聞いた記憶ってないのよ。それが一番具体的なロバート・ウィルソンの芝居なんか見てると、五分位のデキゴドを三時間位かけてじっくりやると、「コトバも解体して」ゆっくり喋らないと、

コトバだけが等身大の速度で人間の動きだけが等身大から解放されていった時に、凄い矛盾になってくるわけでしょ。すると、コトバがバラバラに解体されないで、普通と同じ発声で、身体の動きをどんなに痙攣させたり伸び縮みさせたりしていっても、やっぱ、コトバにおかま掘られたりすることになっちゃうからね。コトバが普通のエロキューションじゃなく喋れるか、そうじゃなかったら、喋らないで同じ効果を出すほうがいい。コトバってのは、ずっと喋ってきて、最後のひと言でそのことを否定したりする時にゃ凄く決まるけどさ、太宰治の最後の一行みたいに。

流山児　でも『奴婢訓』に較べて、『レミング』は喋りましたよね。（笑）

寺山　だから、あれは俺は反省してるんだよ。集団でやってるとさ、ホラ、役者ってやっぱり喋りたがるでしょ。俺は最初に台本つくって稽古するんじゃなくて、稽古しながら場面（シーン）々を作っていくやり方でね、最初はト書きだけでつくっちゃうわけ、プロットを。それで後は毎日稽古しながらやっていくわけよ。すると、『レミング』なんかやってると稽古やりながらやたら役者が喋るわけね。つまり、『奴婢訓』を一年やって、役者がそういうことに対するイライラがあって喋りたがるんだな、という思いがあってやってたのね。それがちょっと失敗なんだな。喋るとね、暴力的じゃなくなる。ヤーさん（ヤクザ）だってそうよ、あまり喋らないやつが一番恐いのよ。

流山児　本当の暴力ってのは喋っていいんじゃないか、とぼくは思うんですけどね。

寺山　それはね、芝居の形もあるわね。演劇団も唐十郎（状況劇場）のところでもそうだけどさ、わりに視覚的にカ

ツコよく見せてるけど、しかし、コトバを全部はずして見せるだけにしたら意外に暴力的じゃなくなる。それにさ、俺は五つ六つの頃からもの書いてたわけよ、自分で言うのもおかしいけどさ、十二、三才でもう短歌つくって新聞なんかに載ってたわけ。そうするとね、コトバは使えるって気がある、だから、コトバに逃げこめば楽だって感じがする。

いま日本で芝居やってるやってのは、大体、最後はコトバで勝負してくる。別役実にしたって唐十郎にしたって。それをコトバじゃなく勝負するところまでいくってのは、俺みたいに、コトバだとある程度までいけるけど、コトバじゃないところではしんどいというやつにとって、ある楽しみがあるわけよね。

流山児　さて、競馬と演劇について。

寺山　競馬も演劇だという考え方なわけね。昔から言ってるんだけど、俺はボクシングが好きなんだけど、ボクシングを見てると、『ゴドーを待ちながら』と同じように切なーい気持と、気だるーい感じになるのね。十五ラウンド闘ってる試合と、ベケットの『ゴドーを待ちながら』を文学座の俳優が二人で演ってるのと、どっちが不条理かっていうと、遥かにボクシングの方が不条理だって感じがある。そうすると、ボクシングや競馬に勝たなかったら向こうの方が演劇だってことになるわけよ。ドラマツルギーというのはそういう意味で、ある偶然性を組織していって、それがある価値観をまったく裏返しちゃうというだけのダイナミズムを持つとしたら、それはやっぱり競馬よりも賭博的な要素が強くてね。ボクシングよりも血生臭い、そういうのがないとダメね。流山児で言うならば、「アブドゥーラ・ザ・ブッチャー」を上回る役者」が、悪源大義平がブッチャーよりも存在感を持つということが、絶対に要求されることでしょう。

流山児　新しい劇団について。

寺山　新しい劇団というのは、結局、ストーリーを再現してるから、要するに作家の内面というのを信じて、それを複製するのに役者が一生懸命ソレになりきるわけだからね、そういう意味じゃ全然恐くないわけよ。作家がす

みませんと書けば、すみませんという役者ってのはやっぱり問題だよ。（笑）

いま迄の芝居の歴史ってのは、「興行の歴史」だったわけですよね。だから、興行ってのは客を何人いれるか、入場料を幾らとるかってことで容物（いれもの）を決めるわけでしょ。その容物ってのが劇場を時間じゃなくて、場所にして、その場所も容量というかキャパシティというか、ただの容物にどんどんなっていっちゃうということがあって、それが、その範囲で聞える声の高さでものを言って、観客の感受性の最大公約数のところで、自分のメッセージみたいなものを作家が一生懸命につくるという、そういう感じがあるから、だから、劇場のなかで何百人殺したって大学ひとつ潰れるわけじゃないんだよね、会社ひとつ壊れるわけじゃないんだよ。そういう意味じゃ「恐怖がまったく無い」ってことがある。

70年の頃てのはさ、学生運動と芝居とが同じ高みでやってて、人の行ったり来たりがあった頃てのは多少芝居は恐がられてた。芝居だ芝居だと言っても、ホントは芝居がなに考えてんのか分らないって。いま、そういう意味では非常に安全だ、全裸がでたって別に警察はなにも言いにこないし、あの頃はちょっと変な感じでも、すぐ公安が来てたからな。

流山児　最後に、天皇について。

寺山　天皇というのは俳優だと思うのよ。劇場がスタンド・インとして役者を必要としている間、天皇ってのはまだ、いわゆる劇場としての国家てなふうなものが成立するっていう前提の上での、俳優としての天皇は、機能的には存在し得てるってことよね。それは、俺みたいに、劇場が場所として成立すべきじゃないという建前にたった時には、俳優と同じ構造をもってる天皇てのはまったく不必要な方向にむかっていくわけだよ。

（1979年8月29日　於・麻布：天井桟敷館にて）「演劇団新聞　1979年10月1日号」

第16章　寺山修司氏インタビュー：「時間体としての劇場」論

先ず、寺山修司の演劇論には、フライタークの『演劇論』も、スタニスラフスキーの『俳優修業』も含まれていない。寺山の演劇論は1969年のフランクフルト（国際実験演劇祭、〈エクスペリメンタ3〉で、6月3日から14日に、『犬神』、『毛皮のマリー』）を持って参加し、そこで、ペーター・ハントケ、ヨーゼフ・ボイス、ナムジュン・パイクらによる既成概念を破る前衛劇を目撃し、その影響を受け、既制の演劇概念を捨ててこそ、かってなかった市街劇がうまれ出たのであろうと思われる。

寺山にとって、演劇とは、既制の演劇とはかけ離れた演劇概念によって構築されたコンセプトであることを考えておかなければならない。寺山によれば、劇造りをする際に、先ず、最初に、演劇の大枠が決められて、俳優の台詞はエクササイズを通して少しずつ輪郭が決まっていくと言う。

映画『草迷宮』に俳優として参加した伊丹十三は、インタビュアーの藤本義一の質問に打ち明けた話によると、最初に、ドラマの大枠の筋が一枚の紙に説明される。ところが、次の打ち合わせの時にも、又その次の時も、一向に、台詞が示されず、そうこうするうちに、不安になったという。

少なくとも、流山児さんと伊丹十三のインタビューから見えてくるのは、台詞は、役者に任せられているということだ。

流山児さんによれば、『奴婢訓』と『レミング』を比べると、明らかに、『奴婢訓』は、台詞が少ないが、『レミング』は饒舌で過剰になったと言う。

『奴婢訓』では主人の不在を表わし、『レミング』では更に世界の不在を表わしている。だが、『レミング』は、役者の言葉が過剰になりすぎていると寺山も流山児さんも認めている。

この両者の議論から明らかになるのは、先ず、寺山は、役者が、言葉を生み出して、過剰になったり、寡黙になったりすると認めている。この場合、寡黙は、「怖いヤクザの沈黙に似ている」と述べている。確かに、『奴婢訓』の寡黙さは無気味さを異常につのらせている。いっぽう、『レミング』は言葉が過剰なせいか、漠然とした世界観を感じさせ、茫漠としすぎ、実際、最後の台詞を紡ぎだすのに、寺山は手をこまねいて、名優根本豊さんの助言を借りて、最後の台詞を決めたという。

しかし、筆者は、『レミング』の場合、言葉の過剰のために、寺山は、詩人として、迷路を抜け出して、アリアドネの糸を手繰り寄せ、糸口を見つけることが難しくなって、迷路を抜け出し、ドラマに相応しい悲歌を紡ぎだせなくなったのではないかと考えている。

軽々に論じることができないが、例えば、シェイクスピアの『マクベス』は比較的短い芝居で、上演時間も1時間を切る演出もある。にもかかわらず、『マクベス』には名台詞が沢山含まれている。

興味深いのは、寺山は、幼い頃から文章を書く訓練に長け、俳句を読み、彼自身の句が新聞に掲載されたと、詩人としての自信をほのめかしていることである。

だが、流山児さんが、演劇と映画について論究すると、意外なことに、寺山は、映画はごまかしが出来るが、演劇は、あくまで真実を伝える使命があると論じている点である。

例えば、寺山が芝居と映像で残してある作品『田園に死す』や『さらば箱舟』等を比べると、遥かに映画の方が寺山の作品を考える時に鋭い示唆を与えてくれるように思われる。ところが、寺山自身はどうかといえば、「映画は編集によって如何様にも修正することができるが、舞台の方は、それができないから、かえって、リアリテイが一層顕著となる」と論じているのは注目に値する。

それに加え、寺山修司は、リアリズム演劇よりも、シュルレアリスムに関心があったことはよく知られている。また、寺山は郷里青森に居た時、映画館「歌舞伎座」で数多くの戦前のヨーロッパ映画を見ていて、殊にシュルレアリスム映画の造詣が深かったと、女優の蘭妖子さんからよく伺ったものである。

筆者が、1994年ロンドン大学での在外研修で滞在した時期に、マンレイの大回顧展があり、寺山好みの短編映画が数多く上映されていたが、同時に、アンドレ・ブルトンの『ナジャ』に描かれたシュルリアリスムを始め、未発見の作品が多くあり、その研究に注意が注がれていたことに驚いた。

寺山は、シュルレアリスムに関して、土方巽の暗黒舞踏に惹かれ、『田園に死す』や『草迷宮』に描かれているエロテイシズムを自家薬籠中にしていたと思われる。

処女作『青森県のせむし男』にも土方巽の暗黒舞踏の影響がみられる。ジュルジュ・バタイユの『マダム・エドワルダ』や『目玉の話』と比較して分かることは、『青森県のせむし男』に出てくるハンデイキャップトの息子・松吉と母・マツとのグロテスクな相姦関係を描いたところはバタイユのエロテイシズムと極似している。このバタイユのエロテイシズムは『奴婢訓』の奴婢ダリアにも見られ、また『疫病流行記』の女主人である魔莉子のエロテイシズムにも表れている。さらにまた『レミング』の突如壁が無くなって隣の部屋の睦言が覗き見される場面にも表れている。

ところが、流山児さんの寺山インタビューではそのシュルレアリスムの影響について殆ど語られていない。

流山児演出の『花札伝綺』では、鬼太郎とお墓との性があの世の地獄で逆転する場面があり、土方巽がバタイユも驚かせたであろう土着とモダニズムとの鬩ぎあいが激しく炸裂する。ところが流山児さんは、そのシュルレアリスムの概念を爆発させ、その暗部を抉り出して描き出して見せなかった。

或いは、鹿目由紀作・流山児祥演出の『愛と嘘っぱち』では、菅野スガを七人に分裂させ、女性の性を不条理にも分裂させたうえ、まさに格好のシュルレアリスムに展開する手前まで迫りながら、そこで止まって、その先に進まず、ヴァージニア・ウルフのように『灯台へ』で見せたアートにまで昇華して生まれた心の錯乱を意識の流れに沿ってシュールなハーモニーを奏でて現れだせなかった。

寺山は、様式美で綺麗ごとを現す性には満足せず、シュルレアリスムや暗黒舞踏を武器にインモラルな状況を切り開いていった。例えば十八世紀のサミュエル・デフォーが小説『モル・フランダース』で母が近親相姦で産んだ娘を、当時未開で無法の大陸、アメリカで育てる。デフォーは、ともすると、既制社会のモラルから脱皮できなくても、単純な様式美に陥ることを潔しとせず、インモラルな描写をして、ロビンソン・クルーソーの島を生み出した。

寺山もまた、ロビンソン・クルーソーの島を念頭に、日本でありながら、ありもしない山奥の幽霊屋敷をしばしば設定する。この舞台装置は寺山のシュルレアリスムを考える場合のキーワードになる。

『青森県のせむし男』の東北にある寒村の家、『奴婢訓』のイーハトーブを思わせる山奥の幽霊屋敷、また『草迷宮』の化け物屋敷は『アンダルシアの犬』のシュルレアリスムを思わせる。更にまた、『疫病流行記』のセレベス島を思わせる南の島と、『レミング』とでは都会設定になっているので異なっているが、ラストシーンで、両作品は、所謂、ねずみが運ぶペスト菌で死ぬ、海と繋がっている。

少なくとも、『レミング』に出てくるネズミの一種とトマス・ピンチョン作『V.』でニューヨークの下水構に住むネズミとの類似を、流山児祥演出には微塵にも表れなかった。

ピンチョンはジェイムズ・ジョイスと目された作家で、寺山は持ち馬に「ユリシーズ」と名付けたほどジョイスと親近感があり、ジョイスがトリスタンツアラと共にシュルレアリスムの詩を描いていたことは知られており、『邪宗門』の自動速記を思わせる文体は、ジョイスとトリスタンツアラによるシュルレアリスムの詩作品を連想させる。

詩人の白石征さんは、寺山が最晩年に、ピンチョン作『競売ナンバー49の叫び』の翻訳をしていた時、その添削を手伝っていた。そして寺山が絶命する直前までその原稿を推敲していたとエッセイに書き残している。

ジェイムズ・ジョイス作『ユリシーズ』の冒頭シーンに書いたジョイスタワーでの食器のスプーンを十字に置く場面が出てくるのであるが、これはキリスト教からの感化を、トーマス・アクイナス作『神学大全』の影響があったと、鈴木幸雄教授は読み解いている。

トマス・ピンチョンの『V.』には人間ばかりでなく鼠にまで聖鼠と名前をつけて書いている。現代の寓話をダブリンからニューヨークに移して、しかも地上に住む人間と地下道に住むネズミとに書き分けて綴り構成している。寺山はこのキリスト教の寓意を既に『疫病流行記』の麦男の死の中で表している。

流山児さんは『レミング』の稽古と壮大な舞台転換を熱く語ったが、その解説の中にピンチョンの名前が一言も出てこなかった。『レミング』はよく知られているが、『V.』や寺山修司の下訳がある『競売ナンバー49の叫び』についてこれまで、流山児さんは語ることはなかった。

『ミメーシス』と関係づけていえば、なぜ、寺山が絶命の直前まで『競売ナンバー49の叫び』の翻訳にこだわったのか。これについては誰も語っていないが、やはり、アウエルバッハが『ミメーシス』で、先人の外国語作品を自国語に訳して、新しい言葉を見出すことを、寺山は、考えて、そのセオリに従ったが、持病の腎臓病の悪化で、ピンチョンの『V.』を訳す体力を持ちえなかったので、先ず、『競売ナンバー49の叫び』を訳して、次に、ピンチョンの文体を学びとり、ピンチョンのスタイルを自家薬籠のものにして、更に、ピンチョンの『V.』から学んだコンセプトを翻案して遺作『レミング』に纏めて完成しようと試みたと思われる。

『疫病流行記』と『レミング』の両作品はコレラを人間に伝染させるキーワードとして漠然としてではあるけれども繋がっている。だが、『ユリシーズ』と『V.』を結びつける概念として機能するキリスト教を、寺山は『疫病流行記』と『レミング』の両方に結び付けることはなかった。少なくとも、寺山の遺作の映画『さらば箱舟』のスエの最後の台詞「百年たったらその意味わかる」の台詞が『疫病流行記』と『レミング』の両作品を繋ぐコンセプトとしての暗示を与えてくれると考えるのである。

あとがき

北村想さんは、『偶然の旅行者』（２０１６年12月15日－18日）上演の際には、極めて、親しく、お話をさせていただきました。且つまた、そのとき『偶然の旅行者』の英訳、更に、北村さんにお願いして寺山論を書いていただきました。それが巻頭論文『東北の反乱』です。

また、「北村さんご自身の肖像画を描かせていただきたい」と、お願いしました。そしてまた、「北村想論を書きたい」とも申し出ました。実は、直接、北村想論を書きたくなった動機は、令和5年7月、名古屋栄にある朝日カルチャーセンターで「寺山修司没後四十周年　北村想と鹿目由紀の対談」イベントの際、司会を担当した時に、北村想さんが寺山を批判するのを耳にしていましたが、それを聴いているうちに、心の中で「北村想は寺山修司を超えたか」という問いが心の中でふつふつと起こったからです。というのは、北村さんが、寺山修司に影響を受けたというのではなくて、寺山修司を直接批判するのを目の当たりにして、本当に「北村想さんは寺山修司を超えたか」と心の中で何度も反芻したからでした。そして、一方では、「寺山が亡くなって四十年も経つのに、寺山を手放しで称賛するのはおかしいのではないか」と思い、北村さんにその趣旨を伝えました。ならば、今、筆者自身も『北村想は寺山修司を超えたか』論を書き、寺山と北村想さんとを比較検討する時期にきているのではないかと考えるに至りました。

実は、筆者は、ライフワークとして、ノーベル賞文学作家バーナード・ショーを永年研究してきました。ですから、イギリスの本場で１９９４年、ショーのドラマを見、ダブリンの生家を訪れ、ロンドン郊外にあるアイヨット・ローレンスにあるショー記念館をも訪れ、フェビアン協会にも足しげく通い、本格的にショー研究をするつもりでいました。

ついでに、申し上げますと、バーナード・ショーには近代のシェイクスピア研究にとって極めて重要な笑劇『ソネットの黒婦人』に付け加えた長文のシェイクスピア論があります。

かつて、この原文に注釈を加えて、その後テキストとして出版したことがあります。バーナード・ショーと言えば、その『シェイクスピア論』の中で「シェイクスピアがこれから百年後も尚も好かれることを憎む」という評論があります。ショーがシェイクスピアに深く知悉した背景には、ハーリー・グランビル・バーカーがシェイクスピア役者として舞台で演じ続け、ショーに深い影響を与えたことがあります。

今度、北村さんが寺山を批判する言葉の勢いを聴いているうちに、いつのまにかブラッドビー教授との面談が思い浮かんできました。同教授は、「シェイクスピアはいつでも研究できるから、アヴァンギャルドな演劇を研究しなさい。きっと、今後の研究に重要になり、役に立つから」とアドバイスを受けました。まさに、この三〇年間、寺山論を書き続け、ブラッドビー教授から受けたアヴァンギャルドな劇作家研究をひとつひとつ紐解いて辿ることになりました。無論、寺山演劇の背景を知るうえで大いに役に立ちました。

今でも覚えているのですが、1994年ロンドン大学のデヴィッド・ブラッドビー教授のもとで在外研究のお世話になっていた時に、面接で、唐突に、「寺山修司を研究するのでなければ、指導しない」ときっぱり断言されて戸惑いました。そんな次第で、結局、二刀流で、つまり、寺山修司とバーナード・ショーを同時に研究することになりました。

セミナーでは、ブラッドビー教授のセミナーの全科目をマスターコースとドクターコースで受講しました。日本で、前進座に所属し、大学ではESSで英語劇を指導したのが役に立ちました。当時、ロンドンではマンレイの大回顧展が開かれ、セミナーでは、アンドレ・ブルトン、アルフレッド・ジャリ、サミュエル・ベケット、ジェイムス・ジュイス、トリスタンツアラ、ジョルジュ・バターユ、ジャン・ジュネ、アントン・チェーホフ、ベルトルト・ブレヒト、ウラジミール・マヤコフキー等の研究発表や実技がセミナーで矢継ぎ早に紹介され解読されました。

そういう経緯で、北村想さんが、寺山を批判する趣旨を聴いているうちに、ロンドン大学でのアヴァンギャルド演劇研究講座の日々が脳裏に浮かび、この際北村さんの寺山批判を論述化してみたいと言う気持ちが心の底から湧き上がってきました。そして遂に『北村想は寺山修司を超えたか』論を構想することになりました。

寺山修司の研究書『寺山修司研究』をこれまでに十二巻刊行してきましたが、中でも、本書の参考になる論考を、安藤紘平早稲田大学名誉教授、松本杏奴さん、桂木美沙先生、中山荘太郎内科医師、鈴木達夫撮影監督の論述について『寺山修司研究』から転載させていただきました。いずれも、地味な研究ですが、寺山修司理解の一助となるようにと思い、それらの論文を掲載させていただくことにしました。なかでも一番大きな理由は、いま一度、繰り返させていただきますが、「北村想さんは寺山修司をこえたか」を考える時のヒントとなればと考えたからです。

更に、北村想論の続編として流山児祥論を展開しました。そして、それらを合わせて本書のタイトルを『北村想と流山児祥が見た寺山修司の影法師・マクベスのソネット』と表題を付けました。